Horst-Dieter Radke

Sagen und Legenden aus Franken

Impressum

Horst-Dieter Radke
Sagen und Legenden aus Franken

6. Auflage 2021

Regionalia Verlag,
ein Imprint der Kraterleuchten GmbH,
Gartenstraße 3, 54550 Daun

Titelbild: iStock.com/RudyBalasko
Illustrationen: iStock.com/VeraPetruk
Gestaltung, Satz, Umschlag: Björn Pollmeyer

Gedruckt auf feinstem Schleipen-Papier aus deutscher Herstellung
Hergestellt in der Europäischen Union, Finidr, CZ

FSC www.fsc.org MIX Papier aus verantwortungsvollen Quellen FSC® C014138

ISBN 978-3-95540-360-7
www.regionalia-verlag.de

Horst-Dieter Radke

Sagen & Legenden aus Franken

REGIONALIA
VERLAG

Inhalt

Vorwort

Franken als Region umfasst heute Gebiete der Bundesländer Bayern, Baden-Württemberg, Hessen und Thüringen. Historisch ist das Gebiet sogar noch weiter zu fassen, doch für diese Sammlung von Sagen und Legenden beschränke ich mich auf das heute als Franken lokalisierte Gebiet – ausgenommen die Ursagen. Ohnehin ist es fast eine Unmöglichkeit, die Vielfalt der Sagen aus der ganzen Region in eine überschaubare Sammlung zu bekommen. Zu zahlreich ist das, was an Erzählungen aus den Jahrhunderten überliefert wurde. Selbst als im 18. und 19. Jahrhundert die Aufzeichnung der meist mündlich überlieferten Sagen und Legenden begann, wurden Stoffe und Motive noch umgestaltet oder gar neu geschaffen. Ziel konnte es also nur sein, eine breit gefasste und trotzdem noch überschaubare Auswahl zu treffen und dabei möglichst keine Region auszulassen. Dass nicht jeder Ort Berücksichtigung finden konnte, dürfte verständlich sein. Man könnte ein Buch allein mit Sagen um Teufel und Geister füllen, ein anderes mit Heiligenlegenden, wieder eines mit geschichtlichen Sagen. In diesem Buch wurde der subjektive Versuch unternommen, einen Überblick sowohl über Sagen aus allen fränkischen Regionen als auch über die Breite der Sagen- und Legendenstoffe zu geben.

Anders als bei Märchen sagt man, dass Legenden und Sagen einen wahren Kern haben. Was aber ist Wahrheit? Eine tatsächliche Begebenheit? Das ist bei manchen Geistersagen schwer zu glauben. Und doch steckt in dem Versuch, mit übernatürlichen Elementen das erklären zu wollen, was für damalige Verhältnisse nicht erklärbar war, ein Stück Wirklichkeitsdeutung.

Heute ist manche Sage nicht mehr aus sich selber heraus zu verstehen. Nicht einmal die regionalen Hintergründe sind in jedem Fall zu erkennen. Deshalb wurde den Sagen jeweils ein knapper Kommentar beigegeben, in dem entweder auf die Hintergründe, die Motive oder die regionale Bedeutung der Sage hingewiesen wird.

Wer nach der Lektüre Lust bekommen hat, tiefer in die fränkische Sagenwelt einzudringen, findet im Anhang ein Verzeichnis der Quellen, die für dieses Buch genutzt wurden.

Die Sagen sind in ihrer ursprünglichen Form weitgehend belassen, allerdings in eine heute leichter lesbare und besser verständliche Sprache gebracht, manche Sagen zusammengefasst und einzelne auch neu erzählt.

Ich wünsche Ihnen viel Vergnügen beim Eintauchen in die fränkische Legenden- und Sagenwelt.

Lauda-Königshofen, im Mai 2014
Horst-Dieter Radke

Ursagen des Frankenlandes

Das Fränkische Reich entstand im 5. Jahrhundert und bestand bis ins 9. Jahrhundert hinein. Es umfasste das römische Gallien und die angrenzenden rechtsrheinisch-germanischen Gebiete. Es gilt als der bedeutendste Nachfolgestaat des untergegangenen Weströmischen Reichs. Im 10. Jahrhundert bildete sich das Herzogtum Franken aus dem Oströmischen Reich. Dazu gehörten Teile von Rheinland-Pfalz, das heutige Hessen, das nördliche Baden-Württemberg, Südthüringen und die heute fränkischen Gebiete von Bayern.

Wie das Frankenland zu seinem Namen kam

Die einen sagen, dass die Franken vom Geschlecht der Trojaner abstammen und dadurch mit den Römern verwandt sind. Eine Gruppe der Trojaner irrte nach der Zerstörung der Stadt durch die Griechen lange umher, bis sich Franko mit den Seinen am Rhein niederließ. Daraus habe sich das Volk der Franken entwickelt. Andere sagen, dass das Volk der Franken aus dem Norden kam, dem heutigen Gebiet der Niederlande und der Friesen. Das Wort entstamme deren Sprache und bedeute so viel wie »frech, mutig und tapfer«. Der fränkische Mann war, anders als der Römer oder der Gallier, ein freier Mann, weshalb andere sagen, dass daher der Namen Franke rührt. Die fränkischen Stämme, die zunächst östlich des Rheins siedelten, sich später aber auch westlich ausbreiteten, nannten ihre Siedlungsgebiete das Frankenland. Der östliche Teil wurde schließlich Austrasien oder Austrien, der westliche Neustrien genannt.

Bei den frühen Franken handelt es sich im Wesentlichen um germanische Stämme der Istvaeonen-Gruppe, die nach dem Stammvater Istævo bezeichnet werden. Dazu zählten auch die

Salfranken oder Salier, die vom Niederrhein bis zum Salland (an der Overijssel) ansässig waren. Sie trugen erheblich zur fränkischen Expansion bei. Aus ihnen ging das Haus der Merowinger hervor, das vom frühen 5. Jahrhundert bis 751 herrschte, als der letzte Merowingerkönig, Childerich III., geschoren und ins Kloster eingewiesen wurde.

Welche Gottheiten die Franken verehrten

Zunächst verehrten die Franken noch die alten Gottheiten um Wuotan (Odin), wovon noch die Donnersberge an verschiedenen Orten künden, die damals heilige Stätten waren. Die Göttinnen Hulda und Bertha (Werra) sind heute noch in manchen Namen von Flüssen und Orten zu finden. Die Anbetung fand in heiligen Hainen statt, meist unter Eichen und Linden, von denen einige sich über Jahrhunderte gehalten haben. So manches Kloster wurde später auf solche Haine gebaut.

Ein nur den Franken eigener Gott soll Lollus gewesen sein, der vor allem am Main eine besondere Verehrung erfahren habe. Das Volk habe ihm Trauben und Ähren zum Opfer gebracht.

Heute hält man den Gott Lollus allerdings für eine Fälschung, da die einzigen Quellen aus der »Chronologica Swintfurtensia« und einem Brief, beide aus dem 16. Jahrhundert, stammen.

Die ersten Frankenkönige

Mitte des 5. Jahrhunderts war Childerich König der Franken. Er war ein üppiger, schwelgerischer Mensch und gereichte deshalb den Franken zu großem Ärgernis. Darum wollten sie ihn töten. Er aber entfloh und ließ einen ihm treu ergebenen Mann zurück, der ihm versprach, die Gemüter der erzürnten Franken wieder zu besänftigen und ihn zurückzurufen, wenn es Zeit wäre. Als sie sich trennten, zerbrachen sie eine Goldmünze in zwei Teile, von denen jeder von ihnen einen mit sich nahm. Der Freund Childerichs sagte zu ihm: »Wenn ich dir meine Hälfte schicke und du die Stücke zusammenfügst und erkennst, dass es wirklich meine Hälfte ist, so kannst du getrosten Mutes ins Vaterland zurückkehren.«

Childerich ging nach Thüringen und lebte dort verborgen bei König Bisinus, während die Franken den Römer Ägidius zum König nahmen. Nach acht Jahren sandte der Freund Childerichs seine Boten mit der Hälfte der Goldmünze nach Thüringen, denn die Gemüter der Franken hatten sich unterdessen beruhigt und viele aus dem Volk wünschten ihren alten König wieder zurück. Childerich zögerte nicht, kehrte in sein Vaterland zurück und wurde wieder als König anerkannt. Mit ihm kam auch Basina, die bisherige Königin der Thüringer, die ihren Gemahl verlassen hatte, weil sie Childerich liebte. Childerich nahm sie zur Frau und der Sohn beider war Chlodwig.

Nach Childerichs Tod folgte ihm sein Sohn in der Herrschaft nach und sann gleich darauf, sein Reich zu vergrößern. Nach dem Sturz des Römischen Reichs in Italien durch Odoaker war in Gallien noch eine römische Herrschaft unter Syagrius übrig, der sich zum König ausrief. Chlodwig schickte ihm seine Herausforderung und überließ es dem Gegner, Ort und Zeit des Kampfplatzes beider Heere zu bestimmen. Syagrius nahm den Fehdebrief an. Chlodwig verbündete sich mit seinem Vetter Nagnachar und besiegte Syagrius im Jahr 486. Der Besiegte floh nach Toulouse zu den Westgoten, aber Alarich, der damals dort König war, fürchtete den Krieg mit Chlodwig und lieferte Syagrius auf die Aufforderung der Franken aus. Chlodwig ließ den Gefangenen in einen Kerker setzen und bald darauf heimlich erwürgen.

König Chlodwig hasste die Christen und wollte dem alten Heidentum treu bleiben. Er zerstörte viele Kirchen. Einmal hatten seine Franken aus einer Kirche unter anderen kostbaren Gegenständen einen Krug von wunderbarer Größe und Schönheit geraubt. Der Bischof dieser Kirche sandte daraufhin einen Boten an den König und ließ ihn bitten, dass, wenn er auch alles andere behielte, seiner Kirche wenigstens der Krug zurückgegeben werden möchte. Der König aber erwiderte dem Boten: »Folg uns nach Soissons, denn dort soll die ganze Beute verteilt werden. Wenn mir das Los den Krug zuspricht, so soll er deinem Bischof wieder zurückgegeben werden.« Als nun in Soissons alle Beute auf einen Haufen zusammengebracht war, sprach der König: »Ich bitte euch, meine tapferen Krieger, dass ihr mir außer dem mir zukommenden Anteil auch jenen Krug da abtretet.« Darauf erwiderten einige: »Ruhmvoller König, was du erblickst, ist dein. Nimm dir heraus, was du willst, denn es ist vergeblich, sich deiner Macht zu widersetzen.« Als diese so sprachen, erhob aber ein anderer Franke seine Stimme und sprach: »Du sollst nichts bekommen, als was dir das Los als deinen rechtmäßigen Anteil zuspricht.« Und zugleich schlug er mit der Streitaxt an den Krug. Alle erstaunten, aber der König verbarg seinen Zorn über die Beleidigung und übergab den Boten des Bischofs den Krug.

Ein Jahr darauf berief Chlodwig zur gewöhnlichen Zeit der großen Volksversammlung im Monat März sein Volk zu einer Heerschau, um ihre Waffen zu prüfen. Als er die Reihen durchschritt, kam er auch zu dem, welcher an den Krug geschlagen hatte, und sprach zu ihm: »Keiner hat so ungeschickte Waffen hergebracht wie du, denn weder dein Speer noch dein Schwert noch deine Streitaxt sind etwas nütze.« Mit diesen Worten warf er die Streitaxt jenes Mannes auf die Erde. Dieser bückte sich, um sie wieder aufzuheben, im selben Augenblick aber erhob der König seine Streitaxt und schlug ihn in den Kopf, indem er sprach: »So hast du es in Soissons mit dem Krug gemacht.« Der Mann war tot und der König entließ die anderen. Alle aber fürchteten sich vor der Gewalttätigkeit des Königs.

Nach einigen Jahren seiner Herrschaft schickte Chlodwig Abgesandte nach Burgund, um bei König Gundobald um seine Schwester Chlothilde zu werben, welche man ihm als eine sehr schöne und kluge Jungfrau geschildert hatte. Gundobald, der selbst arge Frevel gegen seine Geschwister verübt hatte, wagte nicht, sich mit dem Frankenkönig zu verfeinden, und gab ihm seine Schwester zur Frau. Chlothilde bedrängte ihren Gemahl, sich taufen zu lassen. Chlodwig wollte nicht, gestattete aber, dass sein Sohn getauft würde. Dieser starb gleich nach der Taufe. Da sagte der König erzürnt: »Wenn der Knabe den Göttern meines Volkes geweiht worden wäre, so wäre er nicht gestorben.« Doch Chlothilde tröstete ihn und er erlaubte, dass auch der zweite Sohn getauft wurde. Auch dieser erkrankte, blieb aber am Leben. Dennoch konnte die Königin nicht erreichen, dass auch Chlodwig sich taufen ließ, bis einmal ein Krieg mit den Alemannen ausbrach. Als bei einer Schlacht die Franken anfingen zu weichen und es schon abzusehen war, dass das ganze Heer der Franken vernichtet würde, erhob Chlodwig weinend die Hände zum Himmel und flehte: »Jesus Christus, den Chlothilde den Sohn des lebendigen Gottes nennt, der du den Unglücklichen helfen und denen, die auf dich vertrauen, den Sieg gewähren sollst, ich flehe dich an um deine Hilfe: Wenn du mir den Sieg gewährst und wenn ich die Macht erfahre, welche Chlothilde und die anderen Christen von dir aussagen, so will auch ich an dich glauben und mich auf deinen Namen taufen lassen. Denn ich habe meine Götter angerufen, aber keine Hilfe bekommen, darum glaube ich nun, dass sie keine Macht haben, da sie denen nicht helfen, welche sie anflehen. Dich rufe ich jetzt an und will auf dich vertrauen, damit ich gerettet werde vor meinen Feinden.« Als er dieses sprach, wandten sich die Alemannen zur Flucht. Als ihr König fiel, kamen einige zu Chlodwig und baten: »Lass des Mordens jetzt genug sein, wir wollen dir gehorchen.« Da gebot Chlodwig dem Kampf Einhalt. Er sammelte sein Volk und nachdem auch der Ostgotenkönig Theoderich zum Schutz der Besiegten seine Boten mit Bitten und Warnungen geschickt hatte, kehrte Chlodwig heim, um der Königin zu erzählen, dass er durch die Anrufung des Christengottes den Sieg erhalten habe.

Die Königin ließ sofort den Bischof Remigius kommen, der den König im Christentum unterweisen sollte. Als nun der Bischof dem König von Christi Leiden und Tod erzählte, wurde er zornig und rief: »Wenn ich an der Spitze meiner Franken da gewesen wäre, so hätte ich alsbald seine Schmach gerächt.« Da forderte ihn Remigius auf, dass er sich nun mit seinem ganzen Volk zur Lehre Christi bekennen sollte. Der König antwortete: »Ich werde gerne deine Lehren hören, heiliger Vater, aber mein Volk wird seine heimatlichen Götter nicht verlassen wollen. Doch ich will gehen und deinem Rat gemäß mit ihnen reden.« Als der König zu seinem Volk sprach, antworteten viele: »Wir lassen ab von unseren vergänglichen Göttern und wollen dem unsterblichen Gott folgen, den Remigius predigt.«

Alsbald war dann das Taufbad bereitet und die Kirche reich geschmückt. Chlodwig schritt zuerst in das Bad und der Bischof segnete ihn mit den Worten: »Beuge dein Haupt, wilder Sicamber, bete an, was du früher mit Brand verheertest, und verheere, was du früher anbetetest.« Auch die Schwester Chlodwigs, Albofleda, wurde getauft und außer diesen beiden viele Franken. So war Chlodwig der erste katholische König eines deutschen Volksstammes, denn die anderen Könige waren alle Arianer. Einige Jahrhunderte später entstand die Sage, dass zur Taufe Chlodwigs eine Taube vom Himmel eine Flasche mit heiligem Öl gebracht habe, mit welchem die Könige von Frankreich gesalbt wurden. Das Öl blieb durch alle Jahrhunderte bis zum Ende des bourbonischen Königsgeschlechts in Gebrauch.

Chlodwig I. (466–27.11.511) unterwarf alle fränkischen und einige germanische Stämme und gilt deshalb als Begründer des Frankenreichs. Zu dessen Hauptstadt machte er Paris. Anders als in der damaligen Zeit bei den Germanen üblich trat er nicht zur arianischen Form des Christentums über, sondern zum Katholizismus. Seine zweite Frau war Chrodechild (um 474–3.6.544), die Tochter von Chilperich II. und seiner Frau Caratene. Der Name Clothilde oder Chlothilde, unter dem sie im Mittelalter als Heilige verehrt wurde, ist nicht authentisch.

Der heilige Kilian, Apostel Frankens

Anders als manchenorts in Franken, wo der christliche Glaube nach dem ersten Aufflammen wieder erlosch, war man in Schottland, Irland und England mit Eifer dabei, die Heiden zum Christentum zu bekehren. Manche Klöster sandten ausgewählte, gottbegeisterte Männer aus, um auch in andere Länder den Christenglauben zu den Heiden zu tragen. Man nannte diese Männer Regionarii. Einer von ihnen war Bischof Killena, der im Jahr 685 mit elf Gefährten auf das Festland übersetzte. Zunächst holten sie sich in Rom eine Bestätigung ihres Amtes ein, bevor sie sich über die verschiedenen Regionen verteilten.

Killena pilgerte mit dem Priester Kolonat und dem Diacon Totnan in das Frankenland, um dort zu predigen und zu bekehren. Herzog Gosbert, der seine Residenz auf dem Berge über Würzburg hatte, berief ihn schließlich an seinen Hof, um seine Lehren zu vernehmen. Killena, der inzwischen von den Franken Kilian gerufen wurde, hatte bereits in der rauen Rhön seinen Wohnsitz aufgeschlagen und als Zeichen der neuen Lehre das heilige Kreuz errichtet. Dieser Berg, auf dem das erste Kreuz stand, wurde schließlich der Kreuzberg genannt.

Der Frankenherzog Gosbert zeigte sich für die Christenlehre aufgeschlossen, hörte mit Anteilnahme zu und gestattete es endlich, dass alle heidnischen Götzenbildnisse, die im Schloss und in der Stadt Würzburg zu finden waren, in den Main geworfen wurden. Viel später holte man sie wieder heraus und stellte sie am Domstift zur Betrachtung auf. Von dort verschwanden sie aber bald und wurden nie wieder gesehen. Als Gosbert auch offen zum Christentum übertrat und in der neuen Lehre gefestigt war, machte Kilian ihn auf ein Vergehen aufmerksam, das seinem Seelenheil noch im Wege stand. Gosbert hatte die Witwe seines Bruders geheiratet, was nicht erlaubt war. Er redete ihm zu, beschwor ihn, sich von seiner Frau zu trennen, und brachte den Herzog, der seine Frau sehr liebte, dahin, diese Trennung zu vollziehen. Allein man rief ihn vor der Ausführung in einer wichtigen Sache hinweg.

Der Herzogin Gailana war jedoch nicht verborgen geblieben, wozu Kilian ihren Gemahl drängte. Sie wurde zornig und schmiedete einen grausigen Plan. In einer Nacht überraschte die Mönche die Erscheinung eines über die Maßen schönen Mannes, der ihnen ihr Märtyrertum ankündigte. Kaum war diese Erscheinung verschwunden, drangen die gedungenen Mörder in das Zimmer der Mönche. Kilian, Kolonat und Totnan wurden enthauptet. Dies soll am achten Tage des Juli im Jahr 688 geschehen sein. Die Ermordeten wurden samt ihrem Hab und Gut in eine Grube gelegt und verscharrt. Gailana wollte die Tat geheim halten. Niemand wusste davon, außer den Tätern und einer christlichen Matrone namens Burgunda. Diese hatte die Tat beobachtet, als sie unweit der Stelle, an der der Mord verübt wurde, im Gebet wachte. Später suchte sie den Ort im Geheimen auf, um dort zu weinen und zu beten. Gailana ließ an der Stelle einen Rossstall bauen. Dies soll die Stelle sein, an der noch heute unter dem Collegiat-Stift Neumünster zu Würzburg in der Krypta die Grabstätte der Märtyrer gezeigt wird.

Als Herzog Gosbert von seiner Reise zurückkehrte, war sein erstes Verlangen nach Kilian und seinen Gefährten, aber niemand wollte von ihnen etwas wissen, am wenigsten Gailana. Da geschah es aber, dass einer der Mörder wahnsinnig wurde und sich mit lautem Geschrei dazu bekannte, das Blut der Priester vergossen zu haben. Er tobte, wütete und tötete sich am Ende selbst. Kurze Zeit später wurde der zweite Mörder rasend und erdolchte sich. Auch Gailana selbst verfiel in tobenden Wahnsinn und schrie unter fürchterlichem Geheul aus, dass sie von Kilian, Kolonat und Totnan ob ihrer Mordanstiftung unsäglich gepeinigt werde. Unter entsetzlichen Qualen starb auch sie.

Danach fielen viele Franken zurück in ihren alten Glauben und es verging einige Zeit, bis ein neuer Glaubensherold ins Frankenland kam.

Der heilige Kilian (um 640–689) war ein irischer Missionsbischof, dessen Name vermutlich vom keltischen Ceallach abgeleitet wurde. Der ostfränkische Herzog Gosbert regierte in Würzburg und wurde einer der ersten Christen in dieser Region.

Karl der Große und die Nordelbinger

Hundert Jahre später wählte der mächtig gewordene Herrscher des Fränkischen Reichs, Karl der Große, nicht mehr den friedlichen Weg zur Heidenbekehrung. Gegen die Sachsen und Wenden führte er blutige Bekehrungskriege und zwang nicht wenige der überwundenen Völkerschaften zur Übersiedlung nach Franken, wo sie auf kaiserlichen Domänen arbeiten oder wüst liegende Gegenden urbar machen mussten. Die Sachsen wurden nach dem Fluss, an dem sie lebten, Nordelbinger genannt.

Im Jahr 794, nach der Schlacht auf dem Sintfeld, trieb der Herrscher den dritten Teil der Bevölkerung Westfalens und Wigmodiens, das ist das Land entlang der Weser, samt Frauen und Kindern in die Frankengauen. Zuletzt im Jahr 804 ließ der Kaiser das Land im Norden der Elbe von den Bewohnern räumen, gab es den Obotriten und ließ die Sachsen durch seine Armee in die fränkischen Provinzen führen. Zehntausende sollen es gewesen sein. Davon zeugen noch heute in Thüringen und Franken Ortsnamen wie Waldsachsen bei Coburg, der Sachsenstein im Thüringer Wald, Sachsendorf bei Eisfeld, Wüstensachsen in der Rhön, Sachsenhausen bei Frankfurt, Sachsenheim bei Königshofen nahe Schweinfurt und Würzburg, Sachsenflur bei Königshofen an der Tauber und andere. Auch auf die Klöster wurden die Besiegten verteilt. So hatte das Kloster Rohra bei Meiningen unter seinen Hörigen achtzehn Sachsen und fünfundsiebzig Slaven.

Kaiser Ludwig der Fromme stellte zu Beginn seiner Regierung den aus der Heimat Vertriebenen die Rückkehr frei, doch mochten die meisten nicht mehr zurück und blieben. Viele von ihnen lebten später als freie Leute auf Kirchgütern. Solche Nordelbinger in der Würzburger Diözese waren es, die zweihundert Jahre später Kaiser Heinrich II. in seinen besonderen Schutz nahm und unter die höhere Gerichtsbarkeit des Bischofs stellte.

Von 772 bis 804 dauerten mit Unterbrechungen die Sachsenkriege Karls des Großen. Das Ziel der Unterwerfung, Christianisierung und Eingliederung des sächsischen Volkes in das Fränkische Reich wurde mit beträchtlicher Grausamkeit verfolgt. Die Deportationen waren eine Reaktion Karls auf den beträchtlichen Widerstand der Sachsen. Er reagierte aber auch anders. 802 ließ er das sächsische Volksrecht aufzeichnen und erkannte es an.

Aschaffenburg und der Spessart

Zwischen Vogelsberg, Rhön und Odenwald liegt das Mittelgebirge Spessart, Teile davon in den Bundesländern Bayern und Hessen. Der Name wird abgeleitet aus »Specht« und »Hardt« (Bergwald) und bedeutet »Spechtwald«.

Der Name Aschaffenburg

Am nördlichen Mainufer, wo ein kleines Flüsschen sich in den mächtigen Fluss ergießt, gab es ehemals nur Wald. Als die ersten Ansiedelungen sich ausdehnten und Land zum Feldbau benötigt wurde, das Abholzen des dichten Waldes aber kaum zu bewerkstelligen war, steckten die Ansiedler den Wald kurzerhand in Brand. Das ganze Tal wurde von Bäumen entblößt. Die Asche lag aber so dick darin, dass das Flüsschen ganz bedeckt war. Die Ansiedler nannten ihn deshalb Asgaffa oder Ascaffa nach den altdeutschen Wörtern »asga« für Asche und »Affa« für Fluss. Es war also der Aschenfluss oder Aschenbach. Die Aschaff floss bereits durch die Siedlung, sodass man die entstehende Stadt bald Aschaffenburg nannte. Auch die Städte Waldaschaff und Mainaschaff verdanken dem Fluss ihren Namen.

Eine modernere Vermutung über die Bedeutung des Wortes »Ascaf(f)a« geht davon aus, dass sich der Ursprung des Namens »Ascafa« aus dem althochdeutschen Wort »asc« für Esche und dem indogermanischen Wort »Ap« für Wasser zusammensetzt. Demnach wäre nicht die Brandrodung des Waldgebietes der Hintergrund für den Namen, sondern der Hinweis auf einen von Eschen gesäumten Wasserlauf (Eschenwasser).

Die St.-Martins-Kapelle

Die Römer sind bis zum Spessart vorgedrungen und haben dort ihre Spuren in Form von Kastellen und Siedlungen hinterlassen. Im 4. und 5. Jahrhundert mussten sie aber das rechte Rheinufer wieder verlassen und damit auch die Gebiete am Main. Hunnen, Vandalen, Alemannen und Franken besetzten diese Gebiete und machten sie den Römern streitig. Die römischen Kastelle wurden zerstört. Streit untereinander lichtete aber die Bevölkerung. Es blieben nur wenige Siedlungen übrig und bald wuchs der Wald erneut und deckte alles wieder zu.

Auch das Kastell bei Aschaffenburg wurde zerstört. Im 8. Jahrhundert stand in der Stadt an der Stelle, an der das Kastell sich befunden hatte, nur noch ein halb zerstörter kleiner Diana-Tempel. Aus den Trümmern des Kastells hatte man eine Burg errichtet, nicht weit entfernt vom ehemaligen Standort. Von den vielen Raben in den Ruinen bekam die Burg den Namen Rabensburg, auch Ravensburg genannt.

Als der heilige Bonifazius in den Spessart kam, weihte er den Diana-Tempel zu einer christlichen Kirche um, der ersten in Aschaffenburg. Gewidmet wurde sie dem heiligen Martinus, den die Stadt deshalb auch heute noch in ihrem Stadtwappen zeigt. Die St.-Martins-Kapelle hatte keinen eigenen Geistlichen. Ein Einsiedler, der in einer Grotte in der Nähe lebte und ehemals die priesterlichen Weihen empfangen hatte, soll eine Zeit lang den Gottesdienst in der Kapelle versehen haben. Im Jahre 1770 wurde aus der Kapelle ein Pferdestall gemacht, allein die Pferde wollten darin keine Ruhe geben, schlugen aus und tobten, bis sie zugrunde gingen. Erst als der Kanonikus, dem die Benutzung des Stalles zustand, in der Stiftskirche den St.-Martins-Altar gestiftet hatte, hörte das auf.

Im Jahre 1526 wurde das Stadtwappen mit St. Martin vom Erzbischof Albrecht von Mainz aberkannt, weil die Stadt sich an den Bauernkriegen beteiligt hatte. Jahrhundertelang führte die Stadt nur ein gotisches A als Wappen. Erst im Jahr 1836 gab König Ludwig I. das alte Stadtwappen zurück.

Das Benediktiner-Kloster in Aschaffenburg

Karl der Große hielt sich gern an den Ufern des Mains auf, wo viele Burgen und Paläste, Meierhöfe und Jagdschlösser lagen, in denen er sich erholen konnte, wenn er von der Jagd im Spessart ermüdet war. Bei einer dieser Jagden war er von seinem Gefolge abgekommen. Nur ein Knappe hatte sich in seiner Nähe halten können. Je mehr sie sich mühten, zum Gefolge zurückzufinden oder wenigstens eines der kaiserlichen Jagdschlösser zu erreichen, desto mehr gerieten sie in die Irre. Die Nacht brach herein und der Kaiser musste sich entschließen, sie im Wald zuzubringen. Sie banden ihre Pferde an zwei Lindenbäume und legten sich unter dem Blätterdach des Waldes zur Ruhe. Vorher legte der Kaiser aber das Gelübde ab, dass er da, wo ihm nach dem Aufwachen der erste Mensch begegnen würde, ein Kloster stiften wolle. Dann schlief er ein.

Kaum dass die ersten Sonnenstrahlen durch die Zweige schienen, wurde der Kaiser durch die Schläge einer Axt geweckt. Ganz in der Nähe war ein Holzfäller bereits bei der Arbeit. Der Kaiser, der sich tief im Spessart glaubte, hatte nur wenige hundert Schritte entfernt von der Ravensburg übernachtet. An jener Stelle baute der Kaiser ein Benediktiner-Kloster und Aschaffenburg hatte nun einen geregelten Gottesdienst. Der Kreuzgang des neuen Klosters wurde um die Lindenbäume geführt, die dem Kaiser und seinem Knappen Schutz gewährt hatten. Starben die Bäume im Laufe der Jahrhunderte ab, so wurden neue gepflanzt, auch dann noch, als das Benediktiner-Kloster längst in das Collegiat-Stift zu den Heiligen Peter und Alexander umgewandelt worden war.

Der Holzfäller, dessen Axtschläge den Kaiser geweckt hatten, ging auch nicht leer aus. Karl schenkte ihm die Ravensburg und schlug ihn zum Ritter. Das Geschlecht der Edlen von Ravensburg blühte bis tief in das 13. Jahrhundert.

Heute wird die Ravensburg »Veitsburg« genannt, nach dem heiligen Veit, dem die Burgkapelle geweiht ist. Da in alter Zeit die Schreibweise »Ravensbvrg« gebräuchlich war – wobei es keine Unterscheidung zwischen »u« und »v« gab –, kann es auch als Rauenburg gelesen werden.

Burgherren waren die Welfen, die um die Mitte des 11. Jahrhunderts ihre Stammburg vom benachbarten Altdorf auf die Ravensburg verlegten. Urkundliche Erwähnung fand sie erstmals im Jahr 1088. Die Welfen hielten sich dort bis ins 12. Jahrhundert. Die Burg ging dann per Erbvertrag an die Staufer über.

Der Spuk im Schlossgarten

Zu Beginn des 16. Jahrhunderts war Uriel von Gemmingen Erzbischof von Mainz. Man sagt ihm einen jähzornigen Charakter nach. Eines Tages soll er seinen Kellermeister in Aschaffenburg beim Weindiebstahl erwischt haben. Der Sage nach erschlug er ihn im Zorn mit dem Büttner-Schlegel. Das reute den Bischof aber gleich, und zwar so sehr, dass er wenig später in Mainz seinen Tod vortäuschte und an seiner statt den Kellermeister mit Prunk und Pomp begraben ließ. Er selber aber ging in ein fernes Kartäuserkloster und verbrachte dort sein weiteres Leben in steter Buße.

Im Schloss von Aschaffenburg war es aber seither nicht mehr geheuer. Der Geist des in seinen Sünden dahingefahrenen Kellermeisters gab keine Ruhe. Selbst als im Jahre 1767 das alte Schloss von Kurfürst Johann Scheickhardt abgerissen und ein neues gebaut wurde, zog der Geist mit um und der Spuk ging weiter, vornehmlich im Garten des neuen Schlosses. Zunächst vermutete man Betrug. Der Großherzog ließ im Schlossgarten am Kellereingang, wo der Spuk am häufigsten auftrat, eine Schildwache aufstellen. Man fand diese aber bei der Ablösung ohnmächtig und halb tot vor, sodass der Posten bald wieder eingezogen wurde.

Uriel von Gemmingen (1468–1514) war als Erzbischof ein Vertreter der innerkirchlichen Reform, der auch gegen das von den Dominikanern initiierte härtere Vorgehen gegen Juden protestierte und für einen verständnisvolleren Umgang mit dem Judentum warb. Er starb am 9. Februar 1514 an den Folgen eines zwei Tage zuvor erlittenen Schlaganfalls. Dieser frühe und schnelle Tod gab bald schon Anlass zu Spekulationen. Später tauchten Manuskripte auf, die von dem Weindiebstahl und der heimlichen Flucht in ein Kartäuserkloster berichteten. So hielt sich die Sage bis ins 19. Jahrhundert und wurde noch weiter ausgeschmückt. Man übersah gerne, dass es auch Urkunden gab, die von dem Schlaganfall berichteten.

Wie der Schwedenkönig Gustav Adolph nach Aschaffenburg kam

Der Schwedenkönig Gustav Adolph schaute erstaunt auf die Abordnung, die ihm bereits vor der Stadt Aschaffenburg gegenübertrat, als er am 25. November des Jahres 1631 mit seinem Heer von Würzburg und Miltenberg kommend die Stadt erreichte. Kniend hielt ein Kapuzinermönch den Stadtschlüssel hoch. Dahinter standen mit gesenktem Kopf einige Honoratioren aus dem Stadtrat.

»Wir übergeben Euch die Stadt ohne Widerstand«, sagte der Mönch, »in der Hoffnung, dass Ihr Gnade walten lasst und Stadt und Einwohner verschont.«

Der König war befremdet über den Stadtkommandanten in der Kutte. Gleichzeitig bewunderte er aber den Mut des Mannes.

»Wo sind die anderen?«, fragte er. »Die Beamten aus Mainz, der Bischof und wer auch immer etwas zu sagen hat in Aschaffenburg.«

»Als man hörte, wie Würzburg und Miltenberg eingenommen wurden und bös unter den Soldaten gelitten hätten, bekamen es viele mit der Angst zu tun. Die Beamten flohen nach Mainz, die Stiftsherren in die Niederlande und die Jesuiten nach Frankreich. Was aber sollen die Bewohner der Stadt machen? Wohin sollen sie fliehen? Auch wir Kapuziner blieben, damit keiner ohne geistlichen Beistand ist. Die Stadt ist herrenlos – sei du also unser neuer Herr«, sprach der Mönch.

»Und wer seid Ihr?«, fragte Gustav Adolph.

»Ich bin der Guardian, der Vorsteher des Klosters. Bernardus aus Trier.«

»Dann zeig uns mal deine Wohnung, Bernardus«, antwortete der Schwedenkönig.

Nachdem der König das bescheidene Kloster gesehen hatte, beschloss er, dass er vor allem dort einkehren werde. Dann zog er weiter, um mit seinen Soldaten in die Stadt einzuziehen. Der Guardian ging neben dem Pferd des Königs und gab ihm Antworten auf alle Fragen, die ihm der König stellte. Am Schloss angelangt sprach der König:

»Ein feines Schloss! Wenn Räder dran wären, brächten wir es nach Schweden. Da es aber nicht transportiert werden kann und der Mainzer Bischof und seine Diener es auch nicht zu bewahren gewillt waren, so geben wir es dem Kriegsvolk preis.«

»Eure Majestät wollen geruhen, sich zu überzeugen, dass das Schloss mit mehr als hundert Rädern versehen ist«, sprach der Mönch und deutete auf das Mainzer Wappen, das oberhalb aller Fenster des Hauptgeschosses und auch an anderen Stellen am Schloss angebracht war. »Es fehlt eigentlich nur die Bespannung.«

Da lachte der Schwedenkönig. »Pfäfflein, Pfäfflein, du gefällst uns. Du bist ebenso schlau als herzhaft. Um deinetwillen wollen wir der Stadt und dem Schlosse Gnade angedeihen lassen.«

Der König zog in das Kloster ein, wo ihn die Kapuziner feierlich empfingen. Später nahm er seine Wohnung im Schloss. Die Stadt musste zwar eine erhebliche Brandschatzung, oder wie man damals sagte »schleunige Hülfe«, erleben, kam aber im Vergleich mit anderen Städten, in denen Plünderungen, Brandschatzung, Zerstörung und der Mord an vielen Menschen die Regel waren, glimpflich davon.

Von 1631 bis 1634 war Aschaffenburg Bestandteil des schwedischen Staates in Mainz. Auch Mainz wurde wenig später kampflos an das schwedische Heer übergeben, kam aber nicht so glimpflich davon wie Aschaffenburg.

Der gespenstige Küfer

In einer kalten Weihnachtsnacht des 19. Jahrhunderts war nach der heiligen Christmette eine Aschaffenburger Familie mit Freunden, die zu Besuch waren, auf dem Heimweg. Sie kamen auch am Schönborner Hof, welcher am nächsten zum Freihof lag, vorbei. Irritiert blieben die Gäste stehen.

»Was ist das?«, fragte einer. »Wird zu Heiligabend dort noch gearbeitet?«

»Ihr meint das Klopfen?«, fragte der Familienvorstand.

»Ja, dieses Hämmern und Schlagen, als wären Zimmermannsleute noch am Werk.«

»Keine Zimmermannsleute, der Küfer ist es.«

»Der Küfer? Ja gebietet dem denn niemand Einhalt?«

»Das ist schlecht zu machen bei einem Küfer, der das schon einige hundert Jahre so treibt.«

Nun war die Neugierde bei den Fremden aber so groß, dass zu Ende erzählt werden musste.

»Im Keller des Schönborner Hofes befand sich ehemals ein großes Weinlager. Der Küfer, der dieses zu beaufsichtigen hatte, war so diensteifrig, dass er alles andere darüber vergaß, sogar seine eigene Familie. Er hämmerte oft bis tief in die Nacht an den Fässern herum. So trieb er es damals auch an einem heiligen Weihnachtsabend. Deshalb hebt er jetzt noch, wenn es zur heiligen Christmette läutet, zu klopfen an. Er muss es zur Strafe wohl fortführen bis in alle Ewigkeit.«

Küfer sind Handwerker, die Behälter und Gefäße aus Holz herstellen, unter anderem Salz- und Weinfässer. Andere Bezeichnungen sind: Fassbinder, Böttcher, Büttner, Schäffler, Kübler und Tonnenmacher.

Hexe als Löwe

Als einst in Aschaffenburg die Leichenfrau um Mitternacht von einer Verstorbenen heimging, sah sie in einer engen Gasse einen fürchterlichen Löwen mit aufgesperrtem Rachen herankommen. Sie hielt ihm das geweihte Kreuz, welches sie nachts mitzunehmen pflegte, entgegen; allein er sprang auf sie los, worauf sie ihm das Kreuz in den Rachen stieß. Da verwandelte sich der Löwe in ein altes, nacktes Weibsbild, das auf allen vieren lief und hinten statt des Schwanzes einen Kochlöffel hatte.

Dass ein geweihtes Kreuz ein Schutz gegen allerlei dunkle Anfeindungen ist, ist in Europa weit verbreitet. Dass beim Weitererzählen aber bereits ein wenig Skepsis und vor allem Humor in diese Sage geraten sind, zeigt besonders der Schluss der Sage.

Am guten Mann

Am linken Mainufer, dort, wo der Bach aus dem Wald kommt und sich in den Fluss ergießt, war ehemals sumpfiges Land. Wer von Leider nach Stockstadt wollte, musste den Weg nehmen, der durch dieses Gebiet führte. Ein unkundiger oder verspäteter Wanderer konnte leicht vom schmalen Weg abkommen oder an der Stelle, an der der Weg über den Graben führte, einen Unfall erleiden. Da kam es nicht selten vor, dass ein Mann in blauer Jacke, kurzen ledernen Beinkleidern und einem großen Schlapphut erschien. Wie zufällig begegnete er den Wanderern, wies ihnen den rechten Weg und bewahrte sie so vor Ungemach. Es muss ein guter Geist gewesen sein, der gleichwohl nicht als ein solcher auffiel. Da er aber über lange Jahrzehnte erschien, ohne dass er alterte, merkte man es irgendwann doch. Deshalb hieß die Stelle bald »am guten Mann«.

Stockstadt gehörte mit Leider, heute ein Stadtteil von Aschaffenburg, zusammen mit anderen Ortschaften und Märkten zur historischen Region Bachgau. Einhard, der Schreiber Karls des Großen, erhielt den Bachgau von einem der Nachfolger Karls als Altersruhesitz und Rente geschenkt.

Der Teufelsritt

In Soden wohnten einmal Leute, die versuchten es mit Schatzgräberei. Gefunden hatten sie noch nicht viel, denn sie waren arm an Gut und Geld und nur reich an Hoffnungen. Oft getäuscht wühlten sie dennoch unermüdlich in der Erde.

Auf einem Berge zwischen Soden und Schweinheim hatten sie endlich einen Schatz aufgespürt. Ob sich eine Glut dort gezeigt, ein Lichtlein geleuchtet oder ein Flämmchen getanzt hatte, um auf den vergrabenen Schatz hinzuweisen – man weiß es nicht. Ihrer Sache aber waren die Leute gewiss und darum machten sie sich einst gegen Mitternacht auf und gruben nach dem Schatz.

Wer Schätze graben will, muss schweigen können; auf das erste unbedachte Wort sinkt der Schatz tief hinunter in die Erde, wo ihn keines Menschen Arm mehr erreicht. Das wussten die Sodener wohl und schweigend gruben sie, dass bald ein tiefes Loch ausgegraben war. Auf einmal gab es einen dumpfen Klang. Der Spaten hatte auf Eisenblech gestoßen. Das konnte nichts anderes sein als eine Truhe und in der musste der Schatz sich befinden. Sie machten Anstalt, die Schatzkiste herauszubringen. Eben schlug es zwölf Uhr. Da hörten sie Hufschläge, die schnell näher kamen. Ein Haufen Reiter sprengte daher, direkt auf die Schatzgräber zu, und im Galopp sauste der Trupp über ihren Köpfen hinweg.

Die Schatzgräber waren keine Leute, die gleich davonliefen, wenn etwas Unheimliches passierte. Sie ließen sich auch von den Reitern nicht beirren, konnten sie ihnen doch nichts tun, solange sie nur schwiegen. Bald darauf kam noch einer geritten, aber auf einem Besen.

Es war ein altes Männlein mit dünnen, schlotternden Beinen. Das Männlein arbeitete sich ordentlich ab, um weiterzukommen, es ging aber nur langsam vorwärts. Der Besenreiter fragte die Schatzgräber wiederholt, wohin die Reiter galoppiert seien, bekam jedoch keine Antwort. »Ihr braucht mir gerade keine Antwort zu geben, ihr grobes Volk! Die Reiter hol' ich doch ein«, sagte er endlich verärgert. Und nun hob er einen Galopp an wie ein kleiner Knabe und humpelte so in den Wald hinein. Einem der Schatzgräber kam die Reiterei so possierlich vor, dass er hell auflachte und herausplatzte: "Das denkst du nur!"

Klatsch – hatte er eine ungeheure Ohrfeige weg. Er fiel lang hin. Der Schatz war aber verschwunden und ist bis heute noch nicht wieder aufgefunden worden. Der Berg aber, wo er sich gezeigt, heißt jetzt noch »der Teufelsritt«.

Es ist ein weit verbreitetes Motiv in Märchen und Sagen, dass derjenige, der einen Schatz vergraben hat, als Geist beim Schatz bleibt, um diesen zu beschützen. Ein guter Geist zeigt dann das Bestreben, vom Schatz Mitteilung zu machen, ein böser Geist sucht aber das Auffinden des Schatzes zu verhindern. Viele Regeln gelten für die Heber des Schatzes, etwa dass man beim Aufspüren des Schatzes nicht reden darf oder dass der Behälter zurückgelassen werden muss.

Der Schlossberg

Lang ist es her, dass auf einem Vorsprung des Spessarts zwischen Soden und Ebersbach ein prächtiges Schloss in das Maintal herabsah. Damals gab es noch die Saline im nahen Sodener Tal und zwischen Sulzbach und Obernau stand das alte Dorf Reuchelsheim. Die Saline gibt es schon lange nicht mehr. Auch Reuchelsheim ist bereits seit Jahrhunderten verschwunden. Die Pfarrkirche, die Margarethenkirche, brach man als letztes Stück der Ortschaft im Jahr 1787 ab. Selbst von dem Schlosse sind nur noch ein paar Mauerreste vorhanden. Man weiß nicht, wie das Schloss geheißen, noch wer darin gewohnt und gelebt hat. Vermutlich hätte man ganz vergessen, dass die wenigen kaum erkennbaren Steine zu einem Schloss gehören, wenn nicht eine merkwürdige Geschichte durch die Jahrhunderte weitererzählt worden wäre.

In einer Zeit, in der noch Ruinen standen, die das Schloss erahnen ließen, war eine arme Frau im Wald auf dem Schlossberg unterwegs, um sich dürres Holz zu suchen. Sie trug dabei ihr jüngstes Kind mit sich, das kaum ein Jahr alt war. Da sah sie in den Ruinen einen großen Haufen glühender Kohlen. Sie setzte das Kind ab und raffte so viele Kohlen, als sie fassen konnte, in ihre Schürze, trug sie aus den Mauern und leerte die Schürze aus. Statt glühender Kohlen fielen Goldstücke auf den Boden. Eilends lief die Frau zurück in die Ruinen, um mehr zu holen. Doch der Kohlenhaufen war fort, und mit ihm auch das Kind. Alles Suchen, alles Rufen half nicht – das Kind blieb verschwunden.

Die Frau lief in ihrer Angst zum Pfarrer nach Sulzbach und erzählte ihm alles. Der Pfarrer konnte jedoch zunächst keinen Trost spenden. Er hielt ihr vor Augen, wie sie sich versündigt habe, indem sie aus Habsucht das Kind zurückließ. Sie solle jedoch das gewonnene Gold nicht nur für sich, sondern vor allem für wohltätige Zwecke anwenden, vielleicht finde sie dann, wenn sie sich im kommenden Jahr zum Tag und zur Stunde auf dem Schlossberg einfinde, das Kind wieder.

Die Frau nahm diesen Rat an und als sie ein Jahr später zu derselben Stunde die Ruine betrat, kam ihr das verlorene Kind bereits entgegen. Es war gesund und blühend wie eine Rose. Wo es in diesem Jahr gewesen war, erfuhr sie nicht, denn das Kind konnte noch nicht sprechen. Seither hat sich der Schatz des Schlossbergs nicht mehr gezeigt. Er blieb aber in der Erinnerung und manches Mal finden sich Leute ein, die nachschauen, ob vielleicht doch noch einmal die glühenden Kohlen zu sehen sind.

Der Ortsname Soden leitet sich vom mittelhochdeutschen »Sot« für Quelle oder Brunnen ab. Im Ort gab es eine mineralreiche Quelle. Die ältesten Nachweise über Salzgewinnung datieren auf das Jahr 1456. Bis ins 18. Jahrhundert wurde die Quelle auf diese Art genutzt. Mitte des 19. Jahrhunderts machte man aus Soden ein Kurbad und nannte es Bad Sodenthal. Der Kurbetrieb ging aber nur bis zum Ersten Weltkrieg.

Die Kirchweihe zu Roßbach

Abends zur Kirchweihe saßen die jungen Burschen aus Roßbach noch lange beisammen. Der Wein mundete so gut und das Wetter draußen lud so gar nicht zum Heimgehen ein. Die Schneeflocken tanzten in der Luft, der Wind machte den Spielmann und blies die höchsten Töne dazu. Bei dieser Musik kamen die jungen Leute bald auf schaurige Geschichten von Hexen, Gespenstern und anderem Spuk, dass es manchem kalt den Rücken hinunterlief.

»Lasst uns lieber aufhören«, sagte einer. »Wer weiß, ob wir den Gehörnten dadurch nicht gerade herbeilocken.«

»Ach was«, sagte der Hans fröhlich. »Ich fürchte mich vor nichts. Wenn mir was begegnen sollte, so ist's ein guter Geist oder ein böser. Der gute tut mir nichts und mit dem bösen werde ich schon fertig. Auf die Gefahr geh' ich zu jeder Zeit und überallhin, mag der Ort auch noch so verrufen sein.«

»Ei«, sagte ein anderer. »Wenn du das Herz hast, so geh' nach Hausen und hole uns eine Stütze Wein. Der Wirt zu Hausen soll vom besten Sodener Neuen haben.«

Hans ließ sich das nicht zweimal sagen, sondern machte sich sofort auf den Weg.

Kaum war Hans fort, schlug Veit vor: »Den Hans wollen wir beizen für sein großes Maul. Ich habe zu Haus eine Ochsenhaut. Die will ich umhängen und mich auf die Höhe stellen. Wenn der Hans zurückkommt, tret' ich ihm in den Weg. Was gilt's? Ich jag ihn in den Wald.«

Von Roßbach nach Hausen braucht es eine kleine halbe Stunde. Der Weg führt über einen kleinen Berg. Auf der Höhe ist es eben. Die Fläche ist übersät von Steinen. Nur wenige verkrüppelte Kiefern und Wachholderbüsche können sich hier und da halten. In der Mitte dieser Ödung, dicht am Wege, stand ein uralter steinerner Bildstock, dessen Bild aber verloren gegangen ist. Man nennt ihn das Pulzbild – warum ist unbekannt. Der Ort ist unheimlich genug und es mag sich das Haar schon etwas sträuben, wenn man in einer dunkeln, stürmischen Novembernacht dort vorübergeht. Hinter dem Bildstock wartete Veit. Er hatte die Ochsenhaut um sich geschlagen und deren Kopf mit den Hörnern übergestülpt, sodass er dem, den man nicht gerne nennt, ähnlicher sah als einem Christenmenschen.

Bald kam Hans von Hausen zurück. Veit trat ihm stillschweigend in den Weg.

»Wer da?«, rief Hans. »Bist du ein guter Geist oder ein böser?«

Veit gab keine Antwort. Da ergriff Hans das kleine Beil, das er zu sich gesteckt hatte, und schlug damit kräftig auf das Haupt des vermeintlichen Gespenstes, das daraufhin lautlos zusammenbrach. Hans kümmerte das nicht weiter, er setzte seinen Weg nach Roßbach fort und brachte seinen Kameraden den Wein. Nachdem er ihnen eingeschenkt hatte, erzählte er von seiner Begegnung mit einem Geist am Pulzbild.

»Hast du keine Angst gehabt?«, fragte einer aus der Runde.

»Ach wo«, antwortete Hans. »Als das Gespenst nicht antworten wollte, schlug ich einmal mit dem Beil zu. Da fiel der Geist nieder und stand nicht mehr auf.«

Da sprangen die Burschen auf, voll Schrecken, dass der Scherz einen Kameraden vielleicht das Leben gekostet hatte, und eilten mit Laternen an das Pulzbild. Von Veit und seiner Haut war aber keine Spur zu finden. Er ward auch künftig nicht mehr gesehen.

Ob bei dem Verschwinden Veits die Hand des Bösen mit im Spiele war, weiß man nicht. Möglich wär's aber schon, denn er hat es nicht gerne, wenn ihm jemand in sein Handwerk pfuscht.

Bildstöcke sind religiöse Kleindenkmäler, die meist anlässlich eines bestimmten Ereignisses oder zum Ausdruck besonderer Frömmigkeit aufgestellt wurden. In Deutschland findet man Bildstöcke hauptsächlich in Franken, in den Alpenländern und in den katholischen Regionen von Baden, Schwaben und Thüringen sowie im Münsterland und in der Lausitz.

Der Teufelsbeschwörer

Vor mehr als zweihundert Jahren lebten zu Keilberg zwei Nachbarn, die Hans und Peter hießen. Beide hatten von ihren Eltern Güter geerbt, wovon sie sich gut ernähren konnten. Peter nährte sich auch gut; er war ein fleißiger, sparsamer Mann, der Erste am

Morgen aus den Federn und der Letzte abends in Feld, Hof oder Stall. Seine Felder standen deshalb am besten von allen da und er hatte das schönste Vieh im ganzen Dorfe. Hans dagegen war lieber hinter dem Kruge als hinter dem Pfluge. Wenn er je zu Hause blieb, blätterte und las er in einem alten Buch, das von Geisterbeschwörungen und anderen Teufelskünsten handelte. Um Feld und Vieh kümmerten sich fremde Leute und so war es kein Wunder, wenn Feld und Vieh gleich mager waren. So ging es ihm immer schlechter, während Peter täglich wohlhabender wurde. Wenn Hans die vollen Getreidewagen seines Nachbarn von glänzenden Kühen mit strotzenden Eutern heimführen sah, während sein hungriges Vieh eine armselige Fuhre mühsam herbeischleppte, so erwachte in ihm ein Neid, der sich zu unversöhnlichem Hass gegenüber dem Glücklichen steigerte. Wenn es ihm schon nicht besser ging, dann sollte es wenigstens dem Nachbarn ebenso schlecht gehen. Er versuchte sogar öfters, ihm zu schaden, aber es misslang immer.

Eines Tages, als er sich über den Wohlstand des Nachbarn richtig geärgert hatte, beschloss er, beim Teufel Hilfe zu suchen. Er schlug sein Zauberbuch an der passenden Stelle auf und las laut die Formel ab, die ihm den Teufel zu Diensten zwingen sollte. Der Teufel, immer nah, wenn einer nach ihm verlangt, erschien tatsächlich. Hans, der doch nicht so recht an das Erscheinen des Bösen geglaubt hatte, erschrak dergestalt, dass er zunächst die rechten Worte nicht finden konnte. Doch als der Teufel ihn grimmig aufforderte, zu reden, bat er ihn zitternd um ein Mittel, den Wohlstand seines Nachbarn ohne Gefahr für sich selbst zu vernichten. Das sagte der Teufel zu, verlangte jedoch, dass Hans verspreche, nach zehn Jahren sein Eigen zu werden. In Todesangst versprach Hans dies. Der Teufel nannte ihm nun ein Kraut, das er mitternachts im Walde unter Anrufung des Teufels holen und auf das Viehfutter seines Nachbarn werfen sollte. Darauf verschwand der Gehörnte in einer Schwefelwolke.

Hans tat wie ihm vom Bösen geraten und tags darauf war sämtliches Vieh des Nachbarn tot. Peters Wohlstand war durch diesen Verlust gänzlich zerrüttet, seine Freude und sein Stolz waren ihm genommen und er grämte sich so, dass er bald starb.

Da erwachte in Hans, der im Grunde des Herzens nicht böse war, das Gewissen. Er begriff die Schändlichkeit seiner Handlungen, verabscheute sie und sich selbst. Fortan versagte er sich alle Freuden, flehte ganze Nächte auf den Knien Gott und die Seele seines

Nachbarn um Vergebung seiner Missetat an. So vergingen die zehn Jahre unter harter Buße und guten Werken. Nach deren Ablauf erschien der Teufel zur nämlichen Stunde, zu der der Pakt geschlossen worden war, und griff den zitternden, halb toten Hans. Da schwebte im Glanze des Himmels der selige Geist Peters heran und sprach zum Teufel: »Weiche, Satan, du hast keinen Teil an ihm. Eine zehnjährige Reue hat sein Schuldbuch gelöscht und der Herr hat ihm vergeben, wie ich ihm schon längst verziehen habe, was er an mir getan.« Der Teufel ließ Hans unwillig los und fuhr mit Gepolter und Getöse davon. Auch der selige Geist verschwand.

Auf den höllischen Lärm kamen Leute herbei und fanden Hans sterbend vor. Er konnte ihnen jedoch noch erzählen, was vorgefallen war, bevor er in Frieden verschied.

In dem Wald aber, wo Hans in des Teufels Namen das Zauberkraut gefunden, ist es heute noch nicht geheuer.

Zauberbücher, sogenannte Grimoire, sind seit der Antike bekannt. Zu den ältesten Beispielen althochdeutscher Sprache gehören die Merseburger Zaubersprüche, die Zauberformeln mit Bezug zur germanischen Mythologie enthalten. Trotz des Verbots von Zauberei waren auch im Hoch- und Spätmittelalter Zauberbücher sehr verbreitet, im 18. Jahrhundert »Das sechste und siebente Buch Mosis« sehr populär. Insbesondere waren es die schwarzmagischen Grimoires, die Formeln zur Beschwörung von Schadzauber, Dämonen oder Luzifer enthielten.

Die letzten Templer

Die Templer waren in Frankreich ihren Feinden unterlegen. Philipp der Schöne hatte mit Feuer und Schwert gegen sie gewütet und Jakob Bernhard von Molay, der letzte Großmeister, war den Flammentod gestorben. Die meisten der Ritter, die dem Tode entronnen waren, traten in den Johanniterorden ein. Nur wenige sahen ihr Gelübde als ungelöst an und flohen in ferne Länder, wo sie gastfreundliche Aufnahme fanden. Auch der Kurfürst von Mainz gewährte ihnen in seinem Lande eine Freistätte. Das Haus Nummer 16 in der Pfaffengasse zu Aschaffenburg war ein Templerhof und auf einem Berg bei Rottenberg konnten sie sich eine kleine Burg bauen und dort nach ihren Ordensregeln leben. Das Volk nannte den Tempelhof auf dem Rottenberg nach dem klösterlichen Leben seiner Bewohner »das Kloster«.

Es war damals eine schlimme Zeit. Die Kurfürsten von Mainz, Trier und Brandenburg und der König Johannes von Böhmen hatten nicht Ludwig den Bayern, der Kurfürst zu Köln, Herzog zu Sachsen und Pfalzgraf am Rhein war, sondern Friedrich den Schönen von Österreich zum Kaiser gewählt. Ein hartnäckiger Kampf entbrannte in allen deutschen Landen. Dazu brachte ein Missjahr eine solche Hungersnot, dass manche die Leichname der Missetäter von den Galgen stahlen und verzehrten. Schließlich brach auch die Pest aus. Alle Bande hatten sich gelöst und niemand war mehr seiner Habe oder auch nur seines Lebens sicher.

Dem Klosterberg gegenüber, nur getrennt durch das schmale Tal, worin das Dörflein Rottenberg liegt, erhebt sich der Gräfenberg. Darauf stand die feste Burg der drei Brüder von Grifenberg. Sie waren aus einem edlen Geschlechte, das in hohem Ansehen stand und dessen Erbbegräbnis sich in der alten Kirche zu Sailauf befand. Auch die drei Brüder galten vor der Welt als ehrenhafte Ritter und die Templer auf dem Klosterberge schlossen sich freundnachbarlich an sie. Es wurde gar ein Bündnis zu gegenseitigem Schutz und Schirm vereinbart. Auf jeder Burg errichtete man ein kleines Türmchen mit einer Glocke. Deren Läuten in der einen Burg sollte in der anderen ein Zeichen sein, dass die Bewohner Hilfe benötigten. Das Läuten in der anderen sollte die nahende Hilfe anzeigen. So glaubten sie, vor jedem räuberischen Überfall sicher zu sein.

In einer stürmischen Mitternacht scholl die Glocke vom Klosterberge laut und klagend – auf dem Gräfenberg aber blieb es still wie im Grab. Die Klosterglocke wimmerte schwächer und schwächer und verhallte endlich mit ein paar leisen Klängen gleich den letzten Seufzern eines Sterbenden. Das Kloster war von Räubern überfallen worden, jedoch nicht von fremden. Die Grifenberger hatten es erstiegen, die Templer erschlagen und ihre Behausung ausgeraubt. Als die Rottenberger am nächsten Morgen auf den Klosterberg kamen, um dort der heiligen Messe des Templerpriesters beizuwohnen, fanden sie nur Leichen. Ein Bruder hielt in der krampfhaft geschlossenen Hand noch das Seil der Glocke, mit dem er die verräterischen Bundesgenossen hatte rufen wollen. Die Bemühungen, die Templer in das Leben zurückzurufen, waren vergeblich. Nur der greise Prior ward wieder seiner Sinne mächtig, zwar nur auf Augenblicke, aber lange genug, um die Namen der Räuber und Mörder zu nennen.

Ein scheues Gerücht hatte schon früher die Grifenberger als geheime Räuber bezeichnet, ihre letzte Schandtat rief laut nach Rache. Damals trug Peter Aichspalt den Kurhut von Mainz. Er war nicht nur ein Arzt der Seelen, sondern auch des Leibes, hatte die Heilkunde früher selbst geübt und wusste wohl, dass da, wo milde Arzneien nicht am Platze seien, der Stahl helfen müsse. Er ließ den Gräfenberg erstürmen, kein Leben verschonen und die Burg dergestalt zerstören, dass kaum noch erkennbare Reste ihre Stätte bezeichnen.

Der Tempelhof auf dem Klosterberg ward nicht mehr bewohnt. Er verfiel allmählich, erhielt sich in seinen Ruinen jedoch noch bis in die neueren Zeiten, wo die Steine von den Landleuten ausgebrochen und zu anderen Gebäuden verwendet wurden, sodass nun auch von ihm nur noch wenig zu sehen ist.

Auf dem Gräfenberge wandeln von Zeit zu Zeit drei finstere Gestalten, nicht im ritterlichen Schmucke, sondern vermummt wie Räuber mit großen Schlapphüten.

Die Zerschlagung und Auflösung des Templerordens fand in den Jahren 1307 bis 1314 statt. Am 18. März 1314 wurde Jacques de Molay zusammen mit Geoffroy de Charnay auf dem Scheiterhaufen in Paris verbrannt. Es gab aber wenig andere Todesurteile. Außerhalb des Machtbereichs von König Philipp IV. ließ man die Templer weitgehend in Ruhe. Ihre Macht war jedoch gebrochen und es gab nur noch regionale oder lokale Aktivitäten. Im 13. Jahrhundert stand der Ort Sailauf vorübergehend unter der Herrschaft der Grafen von Rieneck, die auf dem nahe gelegenen Gräfenberg die Burg »Landesere« errichteten. Die Auseinandersetzung mit den Mainzer Erzbischöfen um die Macht im Spessart endete 1271 mit dem Sieg des Mainzer Erzbischofs. 1366 wurde die Grafschaft Rieneck Mainzer Lehen.

Die Kirche des heiligen Hippolyt zu Dettingen

Karl der Große hatte ein besonderes Vertrauen zu dem heiligen Hippolyt. Er erbaute ihm zu Ehren eine Kirche zu Dettingen. Solange der Kaiser sich in Aachen aufhielt, wallfahrte er jährlich nach Dettingen. Er kam zu Schiff und stieg aus, wo die Markungen von Dettingen und Großwelzheim zusammenstoßen. Ein Stein auf der Markungsgrenze, etwa dreißig Schritte vom Main, bezeichnet die Stelle, an der der Kaiser feierlich eingeholt wurde. Sie wurde Karlsstein genannt und dieser Name ist bis heute überliefert.

Die Wallfahrten nach Dettingen am St.-Hippolyts-Tage aus den Main- und Rheingegenden waren früher sehr zahlreich. Von welcher Bedeutung sie gewesen sind, ergibt sich daraus, dass die Aschaffenburger Schiffer es als ein besonderes Recht ansahen, allein die Wallfahrer den Main hinabzuführen, und daran, dass die Getreideopfer, welche der Kirche dargebracht wurden, zuweilen dreißig Malter betrugen. Die Kornopfer wurden zum Teil in Weiberhauben dargebracht und Letztere dann an die Armen verteilt.

Hippolyt von Rom (um 170–235) war der erste Gegenpapst der Geschichte. Sein Name bedeutet »Pferdebefreier«. So gilt er auch als Patron der Gefängniswärter und der Pferde. Der katholische Gedenktag ihm zu Ehren ist der 13. August. Eine andere Überlieferung besagt, dass der Kaiser, wenn er sich zur Jagd in den Spessart begab, den Main an der Stelle zwischen »Tettingen« und »Walinesheim« überquerte und deshalb der Grenzstein an dieser Stelle der »Karlsteyn« genannt wurde.

Der Wassernix

Zur Adventszeit hörte man im Kahlgrund, in der Nähe von Schimborn, bei stiller Nacht Hoho-hoho-Geschrei. Obwohl es fast wie eine Menschenstimme klang, so ward's doch denen, die es hörten, unheimlich, denn der Rufer war der Wassernix, der in dem Flüsschen Kahl an dieser Stelle wohnte. Gesehen hatte ihn niemand, aber seine Tücke war wohlbekannt. Darum ging ihm jeder gern aus dem Weg, wenn sein Ruf erschallte, und kaum einer wagte es, in der Nähe der Kahl einen Spaß über ihn zu machen.

Einst in der Adventszeit hatten sich einige Männer von Königshofen vor Tagesanbruch aufgemacht, um ihre Besen nach Aschaffenburg auf den Markt zu tragen. Es war bitterkalt und alles gefroren. Die Kahl sah aus wie ein Gletscher. Die Leute hatten schwere Trachten und mussten tief im Schnee waten. Deshalb waren sie bereits müde, als sie an die Kahl kamen. Sie warfen ihre Trachten ab und ruhten eine Weile. Da hörten sie plötzlich ein lautes Gepolter auf dem Eis des Flüsschens. Erschrocken sprangen sie auf, denn sie dachten alle zu gleicher Zeit an den Nix. Um jedoch ihren Weg fortzusetzen, mussten sie über die Kahl. Keiner wollte aber auf dem Steg, der hinüberführte, der Erste sein. Keiner auch der Letzte. Ein junger Mann sagte endlich scherzend: »Der Hannes soll vorausgehen, der ist ein frommer Mann. Vor dem hat der Wassermann Respekt. Der Letzte will ich sein, denn der Wassermann und ich sind alte Freunde!«

So schritten sie über den Steg. Als sie bald hinüber waren, rief der, welcher zuletzt ging, spottend ihnen zu: »Habt acht, dass euch der Wassermann nicht holt! Hoho, Wassermann, hoho!« Er hatte die Worte kaum ausgesprochen, da ergriff ihn eine unsichtbare Hand und zog ihn hinab durch das Eis in die Kahl. Die anderen Männer befiel ein solcher Schrecken, dass sie zwar lautlos ihren Weg fortsetzten, aber nach dem Verkauf ihrer Besen auf einem anderen Weg heimkehrten und den Steg bei Schimborn niemals mehr betraten.

Von dem Mann, der in der Kahl versank, hat man nichts mehr gehört. Ein Wasserwirbel bezeichnet aber jetzt noch die Stelle, an der er versunken sein soll.

Die Kahl ist ein Flüsschen im Landkreis Aschaffenburg, das durch den nördlichen Spessart fließt und bei Kahl am Main in den Main mündet. Der Fluss gab dem Kahlgrund, einer Landschaft im nordwestlichen Spessart, den Namen. Von den vielen Mühlen, die entlang der Kahl gebaut wurden, sind einige noch heute erhalten.

Die Womburg

Die Grafen von Rieneck erbauten im 14. Jahrhundert zu Mömbris eine Burg, welche die Womburg genannt wurde. Später besaßen die Herren von Greyling, die Herren von Gonsrode und andere diese Burg, wohnten aber nicht selbst darin, sondern nur ihre Burgmänner. Sie verkam zum Räubernest und wurde von dem deutschen König Ruprecht im Jahr 1404 nebst den Burgen zu Wasserlos, Hüttengesäß und Hauenstein eingenommen und geschleift. So bestand sie wenig mehr als hundert Jahre.

Von der Womburg standen noch ansehnliche Trümmer bis in das 18. Jahrhundert hinein. Unter ihnen zog sich ein weites, tiefes Gewölbe hin, worin sich ein reicher Schatz befunden haben soll. Mancher ließ sich durch die Hoffnung, den Schatz heben zu können, verleiten, in das Gewölbe hinabzusteigen, aber keiner von ihnen kam zurück.

Einst flog vom nahen Pfarrhof eine Henne in das Gewölbe. Ein Schulknabe kletterte hinab, um die Henne zu holen. Unten sah er eine Menge Kisten stehen; auf einer saß ein großer Mann, der dem Knaben mürrisch zurief: »Was tust du da?«

Der Knabe, der sich im guten Recht wusste, antwortete beherzt: »Ich suche die Henne des Herrn Pfarrer.«

Der Mann sprach ebenso mürrisch wie zuvor: »Die ist nicht da.«

Da schickte sich der Knabe an, wieder hinauszuklettern, ohne sich um die Kisten zu kümmern, die, wie er aber bemerkt hatte, voll Geldes waren.

Der Mann sprach ihn jedoch noch einmal an: »Siehst du das Geld nicht gern?«

»Oh, doch«, erwiderte der Knabe.

»Was ist dir lieber«, fragte der Mann, »das gelbe, weiße oder rote Geld?«

»Das rote«, entgegnete der Knabe.

Der Mann hob darauf eine große Kiste voll Kupfermünzen auf und brachte sie zutage, worauf er wieder verschwand. Obwohl es nur Kupfermünzen waren, so waren es ihrer doch so viele, dass der Knabe reich wurde. Wäre er nicht so bescheiden gewesen, sich mit den geringsten Münzen zu begnügen, so wäre er wohl nie an das Tageslicht zurückgekehrt.

Um 1300 stand die Burg Mömbris dort, wo sich heute der alte Friedhof befindet. Sie wurde fälschlicherweise als Womburg bezeichnet, weil sie im 19. Jahrhundert noch nicht zu lokalisieren war. Die richtige Womburg befand sich an einem Berghang zwischen Schimborn und Mensengesäß auf der Gemarkung von Krombach. Sie wurde von den Grafen Rieneck vermutlich bereits im 12. oder 13. Jahrhundert erbaut. In Urkunden des 15. Jahrhunderts ist sie als »Waneburg« zu finden. Der Name Womburg taucht erstmals im Jahr 1787 auf. Heute erinnert nur noch der Flurname eines Berghangs rechts der Kahl an die Womburg.

Der wilde Jäger

Es kreischt und ruft aus Fels und Kluft,
Das ist ein Flattern und Rasen;
Dazwischen schallt aus hoher Luft
Des wilden Jägers Blasen.

Emanuel Geibel

In den Waldschluchten des Spessarts und auf seinen Felsenhöhen hauste einst der wilde Jäger. Der fromme Köhler, der seinen Meiler hütete, der harmlose Wanderer, der seinem ehrlichen Erwerb nachging, die schuldlosen Kinder, die Beeren suchten, die sahen ihn nicht. Wer ihm aber Böses sinnend in den Weg kam, wenn der Jäger in wilder Jagd mit höllischem Hallo über die Baumwipfel jagte, der musste sich in Acht nehmen. Besonders an St.-Petri-Stuhlfeier, dem 22. Februar, trieb er sein Unwesen. Kein Holzdieb war sicher, dass er nicht mit gebrochenen Gliedern heimkam. Darum hatten an diesem Tage der Wald und die Förster ihre gute Ruhe.

So gefährlich es auch ist, dem wilden Jäger zu begegnen, es gibt doch Frevler, die seine Hilfe sogar suchen. Wer Freikugeln gießen will, der muss ihn dabeihaben, denn nur sein Segen gibt den Kugeln die Gabe, niemals zu fehlen. Er tut es aber nicht umsonst.

In Orb gab es Anfang des 17. Jahrhunderts einen Mann, der einen schlimmen Lebenswandel führte. Als Knabe schwänzte er die Schule, als Jüngling und Mann ging er der Arbeit aus dem Weg, dafür fleißiger ins Wirtshaus. Das kleine ererbte Gut hatte er bald vertrunken und borgen mochte ihm niemand. So war er gezwungen, auf einen Erwerb zu denken. Als Kriegsknecht hätte er ihn wohl finden können, denn der grausame Dreißigjährige Krieg verwüstete die Länder schon seit Jahren, aber der Kriegsdienst war ihm zu beschwerlich und gefährlich. Orb war rings von großen Wäldern eingeschlossen und damals noch überreich an Wild. Mit einiger Vorsicht konnte man schon einen Edelhirsch oder einen Rehbock erlegen. So wurde der Mann ein Wildschütz und bald verschoss er nur noch Freikugeln.

Nun lebte er mehrere Jahre in Saus und Braus. Ein einziger Schuss aus sicherer Ferne gab ihm täglich die Mittel, seinen Gelüsten zu frönen, und das tat er reichlich und kümmerte sich nicht darum, was nachkommen werde.

Es kam das Jahr 1634 und mit ihm die Schweden. Sie plünderten die Stadt und erschlugen alle, die sich widersetzten. Die Einwohner litten an allem den bittersten Mangel. Im folgenden Jahr wurde Orb auch von der Pest heimgesucht. Diese wütete dergestalt, dass die Stadt bis auf zehn Familien und den Pfarreiverweser ausstarb. Die Leichen waren so zahlreich, dass sie nicht mehr auf dem Friedhof begraben werden konnten und außerhalb der Stadt auf einem Feld begraben wurden. Tausende fanden dort ihr unbekanntes Grab. Noch heute trägt das Feld den Namen »Pestacker«.

Auch der Wildschütz wurde von der Pest befallen. Seine Verwandten sprachen ihm zu, sich dem Pfarreiverweser anzuvertrauen, und er willigte auch in ihr Begehren ein. Als aber der Geistliche kam, fand er den Wildschützen in seiner Kammer erhängt. Ob er es selbst in der Verzweiflung getan oder ein anderer geholfen hat – wer kann es sagen?

Die letzten Bürger von Orb trugen die Leiche des Wildschützen auf den Pestacker. Unterwegs schlugen plötzlich Flammen aus der Totenlade. Voll Schrecken ließen die Träger den Sarg fallen. Später fanden sie den Sarg gänzlich verbrannt und den Leichnam unversehrt allein auf dem Boden liegen. Sie vergruben ihn, doch lag er am nächsten Morgen wieder auf der Erde und blieb dort, bis er ein Raub der Verwesung geworden.

Es war nicht nur der Mangel an Grabplätzen, sondern auch die Furcht vor Ansteckung, die dazu führte, dass man Pesttote weit außerhalb der Ortschaften vergrub. Diese Pestfriedhöfe, die oft nicht allzu lange als solche offen ersichtlich waren, überdauerten durch die Bezeichnung »Pestacker« die Jahrhunderte.

Der Fuchsstein

Der Westfälische Friede hatte dem langen Krieg ein Ende gesetzt. Das blutgetränkte Reich sah einer besseren Zukunft entgegen. Allein die Nachwehen des Krieges waren noch lange spürbar. Abgedankte Söldner durchzogen in Scharen das Land, brandschatzten, plünderten und mordeten auf eigene Rechnung, wie sie es früher auf die ihrer Herren getan hatten. Es dauerte Jahrzehnte, bis das Gesetz wieder in Kraft trat und die Räuber dem Strick überlieferte oder aus dem Lande jagte.

Auch im Joß- und Sinngrund trieb noch im Jahr 1665 eine Räuberbande ihr Unwesen. Der verwegenste unter ihnen war Peter von Orb. Er zeichnete sich durch Kaltblütigkeit aus, mit der er die Opfer der Habgier, die Reichen, abschlachtete, und stand deshalb in großem Ansehen unter seinen Leuten. Endlich gelang es, ihn zu überwältigen und in den Kerker zu werfen.

Nicht weit von Orb erhebt sich der Molkenberg. Darauf stand schon damals ein Turm, der später zur Ruine verfiel. Dort schloss man den Räuber ein und verurteilte ihn zum Hungertod. Der Turm war so fest, dass an ein Entkommen nicht zu denken war. Die meisten Spießgesellen des Räubers waren bei dem Überfall erschlagen worden, darum handhabte man auch die Bewachung des Turms nur lässig.

So tollkühn Peter früher gewesen war, so kleinmütig wurde er nun, als er sah, dass es keine Möglichkeit der Flucht gab, und er ahnte, dass er einem qualvollen Tod entgegenging. Vor Verzweiflung rannte er mit dem Kopf gegen die Turmmauer, um sich die Hirnschale einzustoßen. Es gelang nicht und halb besinnungslos fiel er zu Boden.

Da hörte er unter sich in der Erde ein Scharren. Entsetzt lauschte er dem Kratzen und Schaben, denn es schien ihm, als würde sein Grab ausgehoben. Immer näher kamen die entsetzlichen Töne – und endlich schaute ein Fuchs aus dem Loch im Boden heraus. Der Räuber hatte früher einen jungen Fuchs gefangen und gezähmt, der ihm überall wie ein Hund nachlief. Dieser Fuchs hatte ihn auch im Turm gewittert und sich zu ihm durchgegraben. Dem Räuber wurde es nicht schwer, die Öffnung zu erweitern und in die Freiheit zu entkommen. Man verfolgte ihn, spürte ihn auf, konnte aber seiner nicht mehr habhaft werden, weil er sich mit einigen weiteren Genossen zusammengefunden hatte. Sie entflohen erneut und wurden nicht mehr in der Gegend gesehen.

Den Fuchs aber schlug einer der Landsknechte nieder. Er wurde in der Öffnung verscharrt, die er in den Turm gegraben hatte, und ein schwerer Stein daraufgelegt, der heute noch »der Fuchsstein« heißt.

Der Turm auf dem Molkenberg war ein Wartturm, ein Beobachtungsturm der Stadt, und ist eines der Wahrzeichen von Bad Orb. Die verfallende Warte wurde später umgebaut und dient heute touristisch als Aussichtsturm mit Blick über die Stadt.

Friedrich der Rotbart

Als Jüngling hielt sich Friedrich der Rotbart – der spätere Kaiser Friedrich I., auch Barbarossa genannt – oft in einer Burg auf, die oberhalb der späteren Stadt Gelnhausen lag und seinem Vater, dem Herzog Friedrich von Schwaben, zu eigen war. Er lernte dort Gela, die schöne Tochter eines Burgmanns, kennen und entbrannte in so heißer Liebe zu ihr, dass er alles andere vergaß. Auch Gela war dem Heldenjüngling gewogen und so verfloss beiden ein Jahr schnell wie ein schöner Traum. Kaiser Konrad III., sein Oheim, brach im Jahr 1147 zu einem Kreuzzug in das Heilige Land auf und Friedrich musste ihm folgen, so schmerzlich ihm auch die Trennung von Gela war.

Als Friedrich fort war, konnte Gela klarer schauen und erkennen, welche Kluft sie von dem Geliebten trennte. Zu sich erheben konnte der Herzog von Schwaben die Tochter eines einfachen Burgmanns nicht. Stieg er aber zu ihr herab, dann waren alle Hoffnungen vernichtet, welche ganz Deutschland damals schon auf den edlen Hohenstaufen setzte. Zu einer freiwilligen Trennung würde sich Friedrich nicht verstanden haben, sie musste ihm deshalb eine unübersteigbare Scheidewand setzen. Sie brachte das Opfer und nahm den Schleier.

Friedrich fügte sich nach seiner Rückkehr zwei Jahre später in das Unabänderliche, doch seine Liebe erlosch nicht, selbst dann nicht, als er zum Kaiser gewählt wurde. Er gründete am Fuß seiner Burg eine Stadt, die er Gelashausen nannte, und baute dort einen prächtigen Reichspalast. Er hielt sich häufig in Gelashausen auf und machte von dort aus Jagd im Spessart. In Schöllkrippen errichtete er sich dazu ein Jagdschloss. Auf der Haisbachshöhe bei Höchst stand im Wald, jedoch frei, eine Eiche, bei der man die Aussicht auf Gelashausen hatte. Dort ruhte der Kaiser oft auf seinen Jagdzügen und träumte noch einmal den Traum seiner Jugend. Die Eiche wurde deshalb Kaisereiche genannt, stand viele Jahrhunderte und wurde nach dem Absterben durch eine neue ersetzt.

Auf einer Jagd im Büdinger Reichsforst geriet der Kaiser in Lebensgefahr. Ein Edler aus dem Geschlecht der Forstmeister von Gelnhausen rettete ihn und der Kaiser schenkte ihm dafür so viel von jenem Reichsforst, als er in einem Tag umreiten konnte. In diesem Bezirk bauten die Forstmeister das Schloss Kinzighausen. Das Schloss liegt an der Kinzig und diese überschwemmt nicht selten das ganze Tal. Einmal stieg das Wasser bis an das Dach des nicht allzu hohen Schlosses und jedermann glaubte, die Flut werde es mit hinwegnehmen. Als aber das Wasser abgeflossen war, stand das Schlösschen noch. Da sagten die Leute: »Das ist ein blaues Wunder, dass das Schloss stehen geblieben ist.« Daher heißt das blaue Schloss auch heute noch »Das blaue Wunder«.

Friedrich hatte in Italien und Deutschland viele Kämpfe zu bestehen, bis es ihm gelang, das gesunkene Ansehen des Kaisers wiederherzustellen. Es fehlte ihm darum auch nicht an Feinden. Einmal zog er mit kleinem Gefolge die alte Heerstraße entlang, um nach Mainz zu gelangen. Unfern des Baches, der nun Rodenbach heißt, überfielen ihn seine Feinde und so tapfer sich auch seine Leute wehrten, wären sie doch der Übermacht unterlegen gewesen, wenn ihnen nicht die Bewohner der hohen Mark, wie damals die Umgegend von Alzenau hieß, zu Hilfe geeilt wären. Die Feinde des Kaisers wurden in die Flucht getrieben und dabei so viele erschlagen, dass sich mit ihrem Blute das Wasser des Baches färbte. Daher erhielt er den Namen Rotherbach. Friedrich verlieh den Bewohnern der hohen Mark zum wohlverdienten Lohn die ausgedehntesten Freiheiten. Insbesondere hatten sie keine anderen Abgaben mehr zu entrichten als einen Wagen mit Heu und darauf einen lebendigen Hahn, den sie nach Gelnhausen lieferten. Deshalb wurde die hohe Mark von da an das Freigericht genannt.

Friedrich ließ sich in der Folge zu einem neuen Kreuzzug bewegen, den er am 11. Mai des Jahres 1189 begann. Nach vielen glücklich bestandenen Gefahren kam er nach Kleinasien, wollte dort zu Rosse am 10. Juni 1190 über den Fluss Seleph setzen und verschwand in den Fluten. Man sagt, er sei ertrunken, allein er sitzt noch in einem unterirdischen Gemach des Kyffhäuser Berges in Thüringen an einem runden steinernen Tisch und schläft. Sein weißer Bart ist bereits zweimal um den Tisch gewachsen. Wenn er zum dritten Mal herum ist und die Raben nicht mehr um den Kyffhäuser Berg fliegen, wacht der Kaiser auf und zieht aus dem Berge. Dann kommt eine bessere Zeit über Deutschland. Es kann aber bis dahin noch manches Jahrhundert vergehen.

Gelnhausen wurde 1170 durch Kaiser Friedrich I. gegründet, weshalb man sie bis heute auch die Barbarossastadt nennt. Interessant ist, dass ein schwerer Hagelsturm im Mittelalter die Stadt vor einer weitgehenden Zerstörung durch eine Feuersbrunst bewahrte. Deshalb begeht man in jedem Jahr am 15. August den sogenannten Hageltag im Rahmen eines ökumenischen Gottesdienstes. König Friedrich III. von Schwaben, der spätere Kaiser Friedrich I., heiratete um

1147 Adela von Vohburg und konnte mit ihrer Mitgift die Machtbasis als Herzog von Schwaben bis in den ostfränkischen Raum ausweiten. Dies geschah noch vor der Teilnahme am ersten Kreuzzug. Selbst wenn die Geschichte um die geliebte Burgmannstochter Gela stimmt, war Friedrich also doch so realitätsnah, einer standesgemäßen, von politischen Verhältnissen diktierten Heirat zuzustimmen. Sieben Jahre später ließ sich Friedrich von seiner Frau scheiden. Von dem Schloss »Das blaue Wunder« ist heute nur noch das zugehörige vierseitige Hofgut mit Außenmauern im Kinzigtal zwischen Aufenau und Neudorf erhalten.

Die Zwerge im Joßgrund

Anders als oft behauptet haben die Zwerge die Menschen lieb und wohnen gerne unter ihnen, solange es nur geht. Immer wieder aber werden sie enttäuscht und dann machen sie sich auf und ziehen weiter. So waren sie wieder einmal auf der Wanderschaft in ein fernes, unbewohntes Land, fest entschlossen, den Umgang mit den Menschen aufzugeben. Sie waren endlich in den Spessart und dort in den Joßgrund gekommen, als sie alle Hoffnung aufgegeben hatten. Das wenige an Mundvorräten, das sie mitgenommen hatten, war längst aufgebraucht und so schleppten sie sich mehr, als dass sie gingen, lagerten sich in das Heidekraut und warteten auf den Tod.

Da kam ein Bauer des Weges, der im Wald ein Bund Holz gesucht hatte. Er stolperte über einen der Zwerge, die er im dichten Heidekraut nicht sah, obwohl sie ihre Nebelkappen abgenommen hatten. Erschrocken prallte er zurück, dann aber füllte tiefes Mitleid seine Seele, als er den erbärmlichen Zustand der Zwerge sah. Er musste nicht fragen, der Hunger stand ihnen ins Gesicht geschrieben. »Ich bin zwar ein armer Mann«, sagte er zu den Zwergen, »mehr mit Kindern als mit Glücksgütern gesegnet, aber ein Stückchen Brot für euch wird sich finden. Und in meinem Keller ist mehr Platz, als mir lieb ist.«

Die Zwerge schöpften neue Hoffnung und schleppten sich zum Hof des Bauern. Sie erhielten von diesem, was er in seiner Armut zu geben vermochte. Nach ein paar Tagen hatten sie sich erholt und kamen aus dem Keller hervor, um sich umzusehen. Als sie sahen, wie der Bauer sich abmühte, um auf dem Stückchen steinigen Landes ein paar Getreidehalme zu erzielen, wie er sich plagte, in dem sumpfigen Grund eine Handvoll Gras für die magere Küche zusammenzubringen, wie er das bisschen Milch, das die Kühe gaben, auf die zahlreichen Kinder verteilte, da beschlossen sie, nicht gleich weiterzuziehen. Sie sprachen zum Bauern: »Du hast uns beherbergt und gespeist mit dem, was du dir und deinen Kindern entziehen musstest. Das werden wir dir vergelten. Wir sind nicht so schwach, wie du uns ansiehst, in uns lebt nur ein Wille und darum sind wir zusammen stark wie Riesen. Wir werden dich in deiner Landwirtschaft unterstützen. Du wirst mit uns zufrieden sein, aber bleibe du auch freundlich gegen uns, wie du es bisher warst!« Der Bauer dachte sich: »Wenn's auch nicht viel nützt, kann's doch nicht schaden«, und ließ sie gewähren.

Am Tage ließen die Zwerge sich nicht sehen, aber in der Nacht wurden sie rege und so fand der Bauer morgens, wenn er aus seiner Hütte trat, mal einen berghohen Haufen des besten Grases vor seiner Tür liegen, bald einen Stapel Holz. Dann sah er den Sumpf mit Abzugsgräben versehen und zu den schönsten Wiesen werden. Darauf wurde ein Stück Wald gerodet und vom Steingeröll gereinigt. Er konnte gleich darauf einsäen. Die Zwerge bauten größere Stallungen, sodass er mehr Vieh anschaffen konnte, und eine größere Scheune, als die reiche Ernte nicht mehr unterzubringen war. Als der Bauer nur den Wunsch äußerte, bauten sie ihm auch ein größeres Haus.

Der Mann war nun der reichste Bauer im Spessart. Er nahm eine Menge Knechte und Mägde, obgleich er sie der Zwerge wegen nicht gebraucht hätte, und lebte wie ein Fürst. Die Zwerge aber wohnten nach wie vor in dem Keller der Hütte und begnügten sich mit der früheren einfachen Kost.

Als die Zwerge nichts mehr für den Mann zu tun hatten, baten sie ihn, er möge ihnen gestatten, auf seinem Grund ein Haus für sich selbst zu erbauen. Der Keller, in dem sie wohnten, sei doch gar zu dumpfig und unfreundlich. Mit dem Reichtum war der Bauer jedoch hart geworden wie die Felsen des Spessarts. Er fuhr die Zwerge zornig an: »Was wollt ihr mit dem Haus tun? Das nimmt mir zu viel Platz weg. Ihr habt bisher im Keller gewohnt, so könnt ihr da auch ferner bleiben. Ein neues Haus ist reine Verschwendung. So kleines

Volk braucht kein großes Haus. Wenn euch die Wohnung im Keller nicht mehr recht ist, so könnt ihr ja packen und weiterziehen. Ich habe euch ohnehin lange genug gefüttert.«

Die Zwerge hatten diese Antwort nicht im Entferntesten erwartet. Nun erwachte ihr alter Groll gegen die undankbaren Menschen. Sie verließen den Keller und zogen sich in eine benachbarte Mühle zurück. Von dort aus kamen sie nachts und holten das Getreide aus der Scheuer des Bauern. Sie mahlten es auf der Mühle und verschenkten das Mehl an arme Leute. Dann zündeten sie die Scheuer, die Stallungen und die Wohnhäuser des Bauern an und die Flammen verzehrten sein Hab und Gut. Die Felder aber, die sie selbst gerodet hatten, bewarfen sie mit Steinen, dass der Bauersmann drei Menschenalter gebraucht hätte, um sie wieder wegzuschaffen. Die Abzugsgräben der Wiesen verstopften sie, sodass der alte Sumpf wieder entstand.

Der Bauer war nun wieder so ein armer Mann, wie er einer gewesen war, bevor er die Zwerge getroffen hatte. Er besaß nichts als eine alte Hütte, sein Stückchen steiniges Feld und ein paar magere Kühe. Er aß sein kümmerliches Brot und trank Wasser bis an sein Ende. Die Zwerge aber wanderten weiter. Wo sie hingekommen sind, ist nicht bekannt.

Das Gebiet, das später zum Amt Joßgrund gehörte, war seit dem 9. Jahrhundert Eigentum des Klosters Fulda. Es ging im 12. Jahrhundert an die Herren von Jossa. Nach einigen weiteren Besitzerwechseln wurde der Joßgrund im Jahr 1540 an das Kurfürstentum Mainz übertragen. Kurmainz richtete eine Amtsvogtei in Burgjoß ein. Mit der Säkularisation des Kurstaates 1803 gelangte das Amt Burgjoß an das Großherzogtum Frankfurt, wenige Jahre später auf dem Wiener Kongress (1814) an das Königreich Bayern. Nach dem verlorenen Krieg von 1866 annektierte das Königreich Preußen das Gebiet. Nach dem Zweiten Weltkrieg wurde es dem Land Hessen zugeordnet.

Der Beilstein

Einige Stunden von Orb entfernt liegt das Dorf Lettgenbrunn und zwischen diesem und dem Dorf Villbach eine steile Bergkuppe aus Basalt, der Beilstein genannt. Auf diesem Berg stand früher eine stattliche Burg. Wer sie gebaut hat, weiß man nicht. Heute künden nur noch Mauerreste davon. Wann und vom wem sie zerstört wurde, ist ebenso unbekannt. Man hat diese Ruine nach Schätzen durchsucht, aber außer Waffenstücken und sonstigen Gerätschaften nichts Wertvolles gefunden. Tief im Inneren des Berges soll es jedoch Schätze geben, die von Erdgeistern bewacht werden.

Ein junger Mann machte sich eines Morgens in Lettgenbrunn auf den Weg nach Villbach. Als er an den Beilstein kam, sah er eine wunderschöne Blume. Er brach sie ab, steckte sie an seinen Wanderstab und ging seines Weges. Bald kam er an ein hohes, gewölbtes Tor, das direkt in das Innere des Beilsteins führte. Vielleicht wäre der Jüngling trotzdem vorbeigegangen, aber es standen im offenen Torbogen drei junge Frauen von überirdischer Schönheit. Sie winkten dem jungen Mann freundlich zu und welcher Jüngling hätte da widerstanden? Er fühlte sich unwiderstehlich angezogen, leistete keinen Widerstand, ging hin und trat durch das Tor in eine weite, hohe Halle. Er folgte den Frauen auch durch eine lange Reihe geräumiger Gemächer, die prächtig beleuchtet waren, ohne dass der Jüngling ausmachen konnte, woher das Licht kam. Überall glänzte und glitzerte es von Silber, Gold und Edelsteinen. Anfangs hatte der junge Mann nur gestaunt und die Schätze bewundert, doch bald traten die Gier und die Habsucht an seine Stelle. Er warf den Wanderstab und die Blume fort, um die Hände frei zu haben. Er füllte alle Taschen und leerte wieder aus, um neue, noch kostbarere Stücke darin unterzubringen. Als er endlich schwer bepackt glaubte, die rechte Wahl getroffen zu haben, drehte er um und eilte dem Ausgang zu.

Die Frauen hatten dem Jüngling schweigend und immer betrübter werdend zugesehen. Dieser beachtete sie zuletzt gar nicht mehr. Als er davoneilte, rief ihm eine nach: »Vergiss das Beste nicht!« Er aber kümmerte sich nicht darum und eilte weiter. Da begann der Berg zu beben und es rollte wie Donner durch die Gemächer. Die Wände wankten und drohten einzustürzen, bis zum Ausgang war es aber noch weit. Der Jüngling versuchte schneller zu laufen, doch die Schätze drückten und behinderten ihn. Da begann er nach und nach alle Schätze von sich zu werfen und eben hatte er den letzten von sich geworfen, da gab es einen schweren Donnerschlag und das Gewölbe begann sich zu schließen. Mit einem letzten verzweifelten Satz sprang der Jüngling ins Freie, doch seine Ferse blieb im Fels und wurde zerschmettert. Als der Jüngling sich umschaute, sah er das Gestein des Berges, wie es immer war, und keine Spur von einem Eingang. Die Sonne aber war im Untergehen.

Der junge Mann blieb sein Leben lang lahm. Seit dieser Zeit hat niemand mehr die Wunderblume gefunden, die den Eingang in den Berg geöffnet hätte.

Die frühmittelalterliche Höhenburg Beilstein wird 1059 das erste Mal urkundlich erwähnt. Sie sollte der Kontrolle einer alten Straße und dem Schutz der ersten Glashütten dienen. 1427 hatte diese Burg ihre Bedeutung verloren und verfiel seitdem. Heute findet man nur noch einen Mauerring von etwa zwölf Meter Länge.

Der Geißfuß

Vor vielen Jahren hörte einmal ein Fischer von Langenprozelten auf der anderen Seite des Mains den Ruf »Fährer ho!«. Es war schon Nacht und ein scheußliches Wetter. Dichtes Schneegestöber ließ kaum drei Schritte weit sehen und der Sturm heulte, dass man fast sein eigenes Wort nicht hörte. Dennoch klang der Ruf deutlich und laut herüber. Der Fischer wollte den armen Wanderer nicht in diesem Wetter stehen lassen und entschloss sich, den Rufer abzuholen. Er war noch nicht ganz am anderen Ufer, da sprang ein kräftiger, großer Mann in einem dunklen Mantel in das Boot. Der Nachen sank Augenblick so tief, dass der Rand kaum fingerbreit über dem Wasser stand. Der Fischer ruderte aus Leibeskräften, um den unheimlichen Fahrgast bald ans Ufer zu bringen. Der sprang auch, sobald er in die Nähe des Ufers gelangte, hinaus und eilte ohne Lohn und Dank davon. Der Fischer war aber froh, den unangenehmen Kerl los zu sein. Am anderen Ufer fand er an der Stelle, an der der Mann an Land gesprungen war, im harten Gestein eine große Geißklaue tief eingedrückt.

Urkundlich wurde Langenprozelten erstmals 1184 als »Bratselde« erwähnt. Seit 1276 gehörte es zum Kloster Schönrain und ging 1319 an die Grafen von Rieneck. Nach deren Aussterben fiel es 1559 an Kurmainz.

Die Geisterjagd im Neustadter Forst

Die Klosterherren zu Neustadt versahen den Gottesdienst auf der Burg Rothenfels. Sie waren bei den gastlichen Amtsleuten freundlich aufgenommen und es kam manches Mal vor, dass sie erst am späten Abend die Burg verließen. Einst verließ ein Klosterherr an einem Feiertag nach bereits eingebrochener Nacht die Burg hin gegen Neustadt. Da hörte er von Würzburg her lustigen Hörnerschall herüberklingen, erst entfernt, dann schnell näher kommend. Der Klosterherr lauschte gebannt den lieblichen Klängen. Heller und klarer tönte es zu ihm herüber. Über den Main kam ein glänzender Zug, vorausreitende Jäger mit klingenden Hörnern, dann stattliche geistliche Herren und Ritter hoch zu Ross, den Jagdspeer in der Faust, dann Karossen mit schönen Frauen, endlich ein großer Tross, Berittene und Unberittene, mit Jagdgeräten und den Hunden an der Leine. Der Zug schwebte, ohne Land oder Wasser zu berühren, an dem erschrockenen Klosterherrn vorüber und verlor sich dann im großen Klosterwald.

Im folgenden Jahr traf sich's, dass der nämliche Klosterherr an demselben Feiertag wieder den Gottesdienst auf der Rothenfelser Burg abhielt und wieder erst in der Nacht nach Neustadt zurückging. Wieder hörte er den Hörnerklang und sah die Jagdgesellschaft, die sich, wie das erste Mal, im Neustadter Forst verlor.

Daheim im Kloster berichtete er, was er zweimal erlebte. Man erzählte ihm, dass sich vor vielen Jahren eine Gesellschaft von hohen geistlichen Herren, Rittern und Frauen aus Würzburg acht Tage im Kloster aufgehalten hatte, um der Jagdlust zu frönen, und dass sie selbst am Feiertag die Jagd nicht ausgesetzt hätten, weshalb sie wohl auch nach ihrem Tod die Geisterjagd alljährlich abhalten müssten.

Die ältesten Teile von Burg Rothenfels stammen aus dem Jahr 1148. Nachdem das Adelsgeschlecht der Grumbacher, denen die Burg gehörte, im Jahr 1243 ausgestorben war, ging die Burg Rothenfels an die Grafen von Rieneck, die jedoch die Burg 1328 an das Ministerialgeschlecht der von Wolfskeel verkauften. Von diesen erwarb das Hochstift von Würzburg bereits im Jahr 1333 die Burg. Das Benediktiner-Kloster Neustadt am Main wurde bereits im 8. Jahrhundert gegründet. Der Name Neustadt ist erst seit dem 9. Jahrhundert gebräuchlich. Er setzt sich aus den althochdeutschen Wörtern »niuwe« und »stat« zusammen.

Der Bettler zu Mespelbrunn

Mespelbrunn ist rings von dichten Wäldern umgeben, die reich mit Wild bevölkert waren. Kein Wunder, wenn die Burgherren Freunde des edlen Waidwerks waren und die Jagdlust von dem Vater auf den Sohn überging.

Im Burghof zu Mespelbrunn war am St.-Ottilien-Tag alles zur Jagd bereit. Es gab prächtiges Jagdwetter. Das edle Ross des Ritters stand gesattelt und hieb ungeduldig mit dem Hufe in den Boden. Dampfsäulen stiegen aus den Nüstern. Die Hunde zogen kläffend an den Riemen und die Hörner riefen wiederholt den Herrn, der länger als gewöhnlich verweilte. Endlich kam er aus dem Schlosse und setzte den Fuß in den Bügel, um das Pferd zu besteigen. Da erschien ein alter Bettler und bat um eine Gabe. »Komm ein anderes Mal«, sprach der Ritter. »Du siehst, dass es mir jetzt an Zeit gebricht.«

»Herr«, flehte der Bettler, »der kleine Aufschub ist bald eingebracht. Ich habe keinen Bissen Brot und bin sehr hungrig.«

»Hungrig?«, rief der Ritter, der eben ein gutes Frühstück zu sich genommen hatte. »Und es ist kaum die Sonne aufgegangen! Will denn das Bettelvolk vom frühen Morgen bis in die späte Nacht essen?«

»Herr«, sagte demütig der arme Mann. »Ich habe auch gestern nicht gegessen.«

»Lass mich mit deinem Mährlein«, zürnte der Ritter und schwang sich auf sein Ross. »Lass mich und gib Raum, sonst zermalmt dich meines Rappen Huf.«

Jetzt bliesen die Jäger ein lustiges Liedlein, das Jagdross war nicht mehr zu halten. Unter Rüdengebell, Hörnerschall und Peitschenknall sauste die wilde Jagd zum Burgtor hinaus, dass der Bettler nur wie durch ein Wunder unverletzt blieb.

Die Jagd war ergiebig, doch mit dem Jagdglück wächst die Jagdlust und so wurde fortgejagt, bis die Sonne hinter den Bergen hinabstieg. Die Waidmänner hatten den ganzen Tag keinen Bissen gegessen und keinen Tropfen getrunken. Solange sie gejagt, hatten sie alles vergessen. Als sie sich aber bei einbrechender Dämmerung um ihren Herrn sammelten und dessen Befehl zur Heimkehr erwarteten, meldeten sich ungestüm als unangenehme Gäste der Hunger und der Durst. Da zog noch ein stolzer Sechzehnender unfern von ihnen vorüber. Kaum erblickte der Ritter ihn, so sprengte er ihm nach, obwohl der erfahrene Jäger nicht auf die Hirschjagd ausgezogen war. Die Leute des Ritters blieben zurück, denn sie konnten voraussehen, dass er mit seinem ermüdeten Rappen bald die unnütze Verfolgung des Hirsches aufgeben und zu ihnen zurückkehren werde.

Doch der Ritter kehrte nicht zurück. Er folgte dem Hirsch, der gar keine Eile zu haben schien, immer weiter. Auf einmal verschwand der Hirsch und in demselben Augenblick rissen alle Riemen am Saum und Sattelzeug des Ritters. Er musste sich schnell vom Pferd werfen, um nicht herabgeschleudert zu werden. Da stand der Ritter ratlos. Das wilde Ross war ohne Sattel und Zaum gar nicht zu reiten und Mespelbrunn, so wie jede menschliche Wohnung, lag zu fern, um es bald zu Fuß zu erreichen. Zudem eilte auch die schmale Mondsichel dem Untergange zu und dann war es in dem Schatten der Bäume zu dunkel, um mit Sicherheit den Pfad finden zu können. Es war kalt im Wald, den Ritter quälten nunmehr

Hunger und Durst. An Schlaf war nicht zu denken. Als der Ritter sein Missgeschick verwünschte, erschien der Bettler, welcher am Morgen in Mespelbrunn gewesen. Stillschweigend nahm er seine Halsbinde ab, zerriss sie in schmale Streifen und befestigte mit ihnen, gleich starken Riemen, Sattel und Zeug des Rosses, das sonst kaum zu bändigen gewesen wäre. Nun hielt es aber wie ein Lamm still. In sprachlosem Staunen hatte der Ritter zugeschaut. Erst als der Bettler ihm den Zügel in die Hand gab und ihm auf das Ross half, fand er die Frage: »Wer bist du?«

Der Bettler antwortete nicht auf die Frage und sprach: »Herr, Ihr habt nun gefühlt, wie's einem Manne zumute ist, in dessen Eingeweiden der Hunger wühlt. Ihr werdet wohl keinen hungrigen Bettler mehr fortjagen.« Gleich darauf war der Mann verschwunden.

Mit der Schamröte auf den Wangen ritt der Ritter seines Weges und gelangte bald zu seiner Burg. Er stiftete sofort eine jährliche Brotverteilung an die Armen, eine Stiftung, die von der Frau Maria Otilia, dem letzten Spross der Echter von Mespelbrunn und der Stammmutter des edlen Geschlechtes der Ingelheimer Grafen, im Jahr 1701 vergrößert wurde. An jedem Ottilien-Tag, dem 13. Dezember, wurde im Ingelheimer Hof zu Aschaffenburg Brot an die Armen verteilt.

Die Gemeinde Mespelbrunn führte bis ins 20. Jahrhundert den Namen Neudorf (Niuwedorf). 1938 erhielt der Ort den Namen des Wasserschlosses Mespelbrunn. Dessen Name geht auf die Quelle (mittelhochdeutsch »Brunn«) zurück, die von Espen (mittelhochdeutsch »Espin«) umstanden war: Espinbrun. Später dann Mespelbron und schließlich Mespelbrunn. Die Echter waren ein ministeriales Adelsgeschlecht, das seit dem 12. Jahrhundert im Spessart belegt ist.

Kloster Himmelthal

Bei dem Kloster Himmelthal verengt sich das Elsavathal, dass es kaum ein paar hundert Schritte breit bleibt. Frische, blumenreiche Wiesen füllen den schmalen, gebogenen Grund. Rechts und links steigen waldbedeckte Berge jäh empor und schließen das kleine Tal von der übrigen Welt ab. Das Auge sieht nur den blauen Himmel, das helle Grün der Wiesen und das dunkle Grün des Waldes. Das Ohr hört nur das Rauschen der eilenden Elsava, das Säuseln des Windes in den Baumwipfeln und den Gesang der gefiederten Waldbewohner. Man sehnt sich, aus der bewegten Welt zu scheiden und hier in Einkehr und Meditation zu leben.

Die Bewohnerinnen des Klosters Himmelthal lebten Jahrhunderte hindurch nur im Dienst des Herrn. Schirmherren des Klosters waren die Grafen von Rieneck. Unter deren Obhut und bei dem musterhaften Lebenswandel der Nonnen gelangte das Kloster bald zu hoher Blüte. Das Dorf Eichelsbach und der größte Teil der Ortschaften Großheubach und Reistenhausen, die Hofgüter zu Mechenhart, das Patronatsrecht der Pfarrei Erlenbach und viele andere Besitzungen wurden Eigentum des Klosters.

Reichtum erzeugt Üppigkeit und Üppigkeit führt auf Abwege. Auch die Nonnen zu Himmelthal frönten allmählich der Weltlust mehr, als es sich mit den strengen Regeln des heiligen Bernard vertrug. Der Erzbischof von Mainz, der davon hörte, schickte einen geistlichen Kommissar nach Himmelthal. Dieser hielt den versammelten Nonnen das Sündhafte ihres Treibens in eindringlicher Rede vor und warnte sie vor den Fallstricken des Bösen. In vielen Herzen schlugen seine Worte tiefe Wurzeln, doch in anderen fanden sie nur unfruchtbaren Boden. Zu diesen gehörte auch eine junge Nonne, Schwester Agnes, die sich bei Gleichgesinnten über den ehrwürdigen Geistlichen lustig machte.

»Der alte Herr hat gut reden«, lästerte sie. »Wenn ich einmal weißes Haar habe wie er, werde ich mich auch um die Weltlust nicht mehr kümmern. Aber jetzt kann er mir mit diesen Märchen gestohlen bleiben. Mit dem Teufel schreckt man ja nur Kinder. Ich habe noch nie gehört, dass jemand den Teufel geholt hat, und es laufen doch arge Sünder genug in der Welt herum. Darauf lasse ich es ankommen.«

Schwester Agnes hatte eine Liebschaft mit einem Jägersmann. Im Taumel ihrer Leidenschaft war ihr nichts mehr heilig. Sie vergaß ihre Gelübde und versprach dem Jäger, aus dem Kloster zu entfliehen und ihm in seinen Wald zu folgen.

Nach einem schwülen Sommertag zogen düstere Gewitterwolken über dem Spessart auf. Sie ließen ihre Last in den Waldtälern ab, sodass die Elsava sich hoch mit Wasser füllte und im wilden Strom dahinbrauste. Die Nacht nach diesem Gewitter war zur Flucht verabredet. Der Jäger wollte Schwester Agnes unfern des Klosters erwarten. Vorher musste er dazu die Elsava überschreiten. Der Fluss hatte aber die Brücken und Stege hinweggerissen. Er versuchte, die Elsava schwimmend zu überwinden, ertrank jedoch dabei und seine Leiche wurde dem Main zugetragen.

Schwester Agnes war es gelungen, aus dem Kloster zu entkommen. Das Gewitter und die alles hell erleuchtenden Blitze und der laute Donner waren ihr dabei behilflich, denn er scheuchte die anderen Nonnen zurück in ihre Zellen. Am vereinbarten Platz sah Agens den Jäger stehen. Sie eilte auf ihn zu. Als sie ihn fast erreicht hatte, zuckte ein Blitz vom Himmel und erleuchtete die Gestalt. Nun erkannte Agnes, wer den Platz des Jägers eingenommen hatte. Sie schrie laut auf.

Am anderen Morgen fand man nur ihren halb verbrannten Schleier. Sie selbst war spurlos verschwunden.

Kloster Himmelthal wurde 1232 von Graf Ludwig II. von Rieneck und seiner Frau Adelheid von Henneberg gegründet. Das Erzbistum Mainz hob das Kloster 1568 auf, das zu dieser Zeit aber schon ausgestorben war.

Rhön

Die Rhön ist ein Mittelgebirge im Grenzgebiet der deutschen Länder Bayern, Hessen und Thüringen. Der Kernbereich bildet heute das von der UNESCO anerkannte Biosphärenreservat. Abgeleitet wird der Name vom keltischen »raino« (hügelig), doch ist das keineswegs unumstritten. Es gibt auch andere Deutungen.

Die ausgewühlte Glocke

In alten Zeiten wühlte ein Schwein auf einem Berge über dem Dorf Wolmuthausen eine versunkene Glocke aus. Da über diesen Berg die Flurgrenze zum Nachbarort Helmershausen verlief, machten beide Gemeinden ihr Anrecht auf die Glocke geltend. Jede wollte sich in deren Besitz setzen. Darüber wäre bald harter Streit entbrannt, wenn nicht ein alter Bauer den Rat gegeben hätte, Los und Zufall entscheiden zu lassen. Man lud die Glocke also auf einen Wagen und spannte ein Paar blinder Ochsen daran. Da diese aber nach Helmershausen gehörten, so witterten sie ihre Heimat und zogen die Glocke nach diesem Ort hin. Dort hängt sie noch auf dem Turm und soll eine alte Inschrift tragen.

Helmershausen wurde erstmals 856, Wolmuthausen 857 urkundlich erwähnt. Der historische Ortskern von Helmershausen enthält einige wertvolle fränkische Fachwerkhäuser, darunter eindrucksvolle ehemalige Rittersitze. In Wohlmuthausen gab es im Ort drei Mühlen, von denen die Karstmühle heute im Freilichtmuseum Kloster Veßra in Thüringen zu sehen ist.

Wald ohne Wipfel

Einmal wurde eine Jungfrau im Amt Sand der Zauberei bezichtigt und durch Folter zum Geständnis gezwungen. Man brachte sie zur Vollstreckung des Todesurteils nach Friedelshausen, wo das Zentgericht geführt wurde. Auf dem Gang zum Scheiterhaufen beteuerte sie mit tausend Tränen ihre Unschuld. Der weit über die Gegend verbreitete Wald rauschte an jenem Tag, an dem ein starker Wind ging, schauerlich mit seinen hohen Baumkronen und mächtigen Wipfeln. Da rief die Jungfrau: »Dieser Wald soll es bezeugen, dass ihr eine Unschuldige richtet. Krank werden und verdorren sollen seine Wipfel, so wahr ein Gott lebt, der meine Unschuld kennt.«

Alle, die dies hörten, erschraken über diesen Fluch der bezichtigten und verurteilten jungen Hexe. Man glaubte nun umso fester an ihre Schuld und war froh, als sie auf dem Scheiterhaufen verbrannte.

Aber letztendlich war sie es doch, unschuldig nämlich, und mit Schaudern erkannte man dies, als nun die hohen Wipfel der Wälder rings um das Dorf zu kranken begannen und allmählich abstarben. Bald standen die alten Bäume ohne Wipfel da. Zwar wuchsen die jungen ohne diesen Makel, aber für eine lange Zeit dorrte der Wald wipfellos.

In Friedelshausen war die Hexenverfolgung im 17. Jahrhundert keine Seltenheit. Dreizehn Personen wurde der Prozess gemacht, sechs wurden verbrannt, ein Mann des Landes verwiesen. Der Ausgang von drei Prozessen ist unbekannt.

Der Goldborn am Baier

Eine der größten Erhebungen am Rand der nordöstlichen Rhön ist der Baier in der Nähe von Lengsfeld und Weilar. Er hebt sich durch seine isolierte Lage deutlich von den nachbarlichen Höhen, dem Öchsenberg, Dietrichsberg und der Sachsenburg, ab. Man erzählt sich, dass am Baier ehemals Bergwerke waren und eine Vertiefung, Schacht genannt, und ein Brunnen beim Baierhof davon noch zeugen. Der Brunnen wurde Goldborn genannt. Es ging die Sage, dass dieser Brunnen Gold in seinem Schoße führe und manchmal heraufsprudeln ließ.

In alten Zeiten kam jedes Jahr ein Mann in die Gegend, der mit Mäusefallen und anderem Kram handelte. Er übernachtete einige Male auch beim Pächter des Hofes, hielt sich still und redlich, verkaufte seinen Kram in der Gegend und verließ diese nach einiger Zeit wieder. Öfters sah man ihn in dieser Zeit am Goldborn. Doch eines Tages blieb er aus und kam auch in den folgenden Jahren nicht mehr. Der Pächter glaubte deshalb, der Krämer sei längst gestorben.

Da kam eines Tages im Spätherbst gegen Abend eine vierspännige Kutsche vor den Baiershof gefahren, aus der ein alter und ein junger Herr in kostbarer Kleidung stiegen und sogleich miteinander in das Dickicht des Waldes gingen, in welchem der Goldborn lag. Schon nach kurzer Zeit kehrten die Herren jedoch zurück. Der Pächter und das Gesinde standen derweil verwundert bei der Kutsche. Der ältere der beiden ging sogleich auf ihn zu, grüßte ihn, drückte ihm die Hand und sprach zu seinem jungen Begleiter: »Dies ist der gute, brave Mann, zu dem ich vor Jahren oft um diese Zeit gekommen bin. Er hat mich immer gastfreundlich aufgenommen.« Während nun der junge Herr sich dankbar äußerte, überlegte der Pächter hin und her, wer dieser nur sein möge, der sich seinen Schuldner nannte. Ihm wollte es einfach nicht einfallen. Darauf stieg der alte Herr in den Wagen und sah kurz darauf aus dem Schlage heraus. Nun war er in einen alten grauen Rock gekleidet und trug auf dem Kopf einen schäbigen, abgetragenen Filzhut. Sofort erkannte der hocherstaunte Pächter den armen Krämer von ehemals.

»Nicht wahr, nun kennt Ihr mich, mein wackerer Freund!«, rief lachend der alte Herr aus dem Wagen, in welchen der junge nun auch wieder einstieg. »Unter dieser armseligen Kleidung war ich des Öfteren bei Euch und holte hier mein Glück und meinen Reichtum aus dem verachteten Goldborn. Dieses ist mein Sohn, der aus Venedig mit mir hierhergereist ist und dem ich den Platz gezeigt habe, dem ich so viel verdanke. Lebt wohl, denkt manchmal an mich, denn nun sehen wir uns niemals wieder.«

Die Kutsche rollte fort und verwundert sahen alle Umstehenden dem Wagen mit langen Hälsen nach, bis er ihren Augen entschwunden war. Gleich darauf eilten jedoch alle, wie von einem Gedanken getrieben, nach dem Goldborn hin, um dort geschwinde noch etwas Gold zu finden. Allein mit Schrecken sahen sie, dass aus dem hell rieselnden Brünnlein eine sumpfige Pfütze geworden war. Später erzählte man sich, dass der Venetianer die Quelle durch Quecksilber verdorben hatte. Man sagte, dieses habe das Gold gefressen und die Umgebung zum Sumpf gemacht.

Der Baier ist ein 713,9 m ü. NHN hoher Berg vulkanischen Ursprungs, der am Nordrand der Rhön liegt. Im Gipfelbereich findet man noch heute erkennbar Spuren von Ringwällen aus Basaltfindlingen. An der Ostseite liegt als spätmittelalterlicher Siedlungsansatz der Bayershof, ein Einödhof, der erstmals 1335 urkundlich bezeugt ist. In der Nähe des Hofes sind einige Hügelgräber zu finden. Es gibt noch andere Sagen um Goldfunde am Baier, auch die von einer Wunderblume, die den Zugang zum Berg öffnen könne, ähnlich der Sage um den Beilstein.

Der Weiberwetzstein zu Kaltenwestheim

Kaltenwestheim liegt zwischen Kaltennordheim und Oberweid. Es ist ein ansehnliches Dorf, weit und breit berühmt ob seines Weiberwetzsteins. Damit verhält es sich folgendermaßen.

Kommt man von der nördlichen Seite zum Dorf hinein, so steht linker Hand der Straße ein Sandstein, der aussieht, als wäre er zu einer viereckigen Säule gehauen. Das ist der Wetzstein, an welchem aber niemand zum Schabernack oder Spaß wetzen darf. Denn wenn einer dieses tut und es wird bemerkt, so kommt die ganze Schar der Weiber des Dorfes herbeigelaufen, angeführt von einer Frau, die Stein-Schulzin genannt und ausdrücklich zu diesem Amt gewählt wird. Sie haben Geräte aus Holz, darunter große lange Beißzangen, Gabeln und dergleichen. Mit diesen verfolgen sie nun den Missetäter so lange, bis sie ihn haben. Da wird er dann mit der Zange gefasst und zum Wasser geführt, wo er baden muss, er mag wollen oder nicht. Wehrt er sich, so kommen noch Stöße dazu. Hernach muss er sich mit einer Geldstrafe auslösen. Außerdem setzt man ihm einen Strohkranz auf und legt ihm ein Bund Heu vor.

Dies dürfen die Weiber von Kaltenwestheim, weil ihnen dazu ein Privilegium erteilt wurde. Das kam so: Zu der Zeit, da Fürst Heinrich von Henneberg mit seinen Vettern in Unfriede lebte, belagerten diese einst das Schloss zu Kaltennordheim. Es verteidigten aber unter anderen auch die Weiber von Kaltenwestheim dermaßen, dass die Feinde unverrichteter Dinge abziehen mussten. Deshalb bot ihnen Fürst Heinrich eine Gnade an. Die Weiber verlangten aber nicht mehr als dieses seltsame Privileg, das sie dann auch schriftlich fixiert erhielten. Dieser Brief ging im Dreißigjährigen Krieg verloren. Trotzdem darf niemand wagen, an diesem Stein zu wetzen, will er sich nicht der bereits beschriebenen Strafen aussetzen.

Augenzeugen versicherten, dass selbst der Herzog zu Sachsen-Eisenach, hochfürstliche Durchlaucht Johann Georg, mehrmals zum eigenen Ergötzen den einen oder anderen aus seinem Gefolge dazu angestiftet hat, sich an den Sandstein zu wagen.

Man darf den Wetzstein aber auch nicht loben oder schelten, solange man im Dorf ist. Wer das tut, hat die gleichen Misshandlungen zu erwarten. Deshalb sagt auch ein Sprichwort: »Man muss ihn nur gehen lassen wie den Kaltenwestheimer Wetzstein«. Außerdem wird von einem wunderlichen Menschen, der es niemandem recht machen kann, gesagt: »Bist du doch wie der Wetzstein zu Kaltenwestheim«, weil man diesen nicht krumm ansehen, noch viel weniger loben oder schelten darf.

Kaltenwestheim und Kaltennordheim wurden beide erstmals im Jahre 795 urkundlich erwähnt, als die Orte in den Besitz des Fuldaer Reichsklosters übergingen. 1145 erhielt Kaltennordheim das Marktrecht. Die Grafen von Henneberg erbten im 13. Jahrhundert den Grundbesitz und errichteten die Merlinsburg als Befestigungsanlage in der Stadt. Der in der Sage erwähnte streitsüchtige Graf Heinrich von Henneberg-Schleusingen lebte von 1422 bis 1475 und bekam den Beinamen »der Unruhige«.

Burg Auersberg

Auf einem Basalthügel zwischen Tann und Hilters, dem letzten Ort aber näher, stehen noch die Ruinen der ehemaligen Burg Auersberg. Die Herren von Nithardishausen sollen eine erste Burg erbaut und bewohnt haben. In vielen Fehden ging dieses Geschlecht unter. Zuletzt ließ der Bischof von Würzburg im Jahr 1554 ein neues Schloss bauen, worauf die Herren von der Tann später als Amtsleute wohnten. Um die letzten Bewohner dieser Burg sowie um die Burg selber gibt es einige Sagen.

Eine Sage erzählt, dass der letzte Spross des Geschlechtes der Herren von Auersberg eine kinderlose Witwe war, die einsam in der öden Burg wohnte. Eines Tages hatte sie eine Lustfahrt in der Gegend gemacht und kehrte gerade heim, als ein starkes Gewitter sich in das Ulstertal ergoss, wodurch der kleine, aber nach heftigen Wettergüssen oft sehr reißende Fluss mächtig anschwoll. Schon sah sie ihren heimatlichen Wohnsitz. Sie gebot dem Kutscher, den Fluss an der gewohnten Stelle zu durchfahren. Der aber weigerte sich, weil die Ulster allzu schnell durch das Tal schoss und an einigen Stellen bereits übergetreten war. Die Herrin trieb ihn jedoch mit harten Worten an, hindurchzufahren, und so gehorchte er – zu ihrem Verderben. Der Wagen wurde umgerissen, der Kutscher rettete sich mit den Pferden nur mit Not. Die letzte Frau von Auersberg ertrank.

Eine andere Sage erzählt die Geschichte folgendermaßen: Im Schwedenkrieg nahm der letzte katholische Besitzer eine Abteilung der Truppen in das Schloss, welche gegen die Schweden kämpften. Darüber aufgebracht berannten die Schweden Auersberg und nahmen die Burg ein. Die Gemahlin des Ritters floh, fand aber in den Fluten der angeschwollenen Ulster den Tod. Ein Steinkreuz bezeichnete später die Stelle, an der ihr Wagen versank. Der Ritter aber, der sein Schloss tapfer verteidigt hatte, ließ ein großes Fenster in die Schlossmauer schlagen. Er sprengte auf seinem Schimmel sitzend durch die Öffnung hinab in die Tiefe und kam so um.

Wieder anders erzählt es die folgende Sage: Der Letzte von den Besitzern der Auersburg gehörte der evangelischen Kirche an. Er fuhr eines Tages mit seinem Kutscher, welcher katholisch war, von einer Fahrt über die Felder zurück zur Burg. Sie wurden von einem furchtbaren Gewitter überrascht, sodass bald weder Weg noch Steg zu erkennen waren. Der Kutscher bekreuzte sich und betete, der Herr aber fluchte. Der Kutscher sprach: »Gott helfe uns, ich kann nicht weiterfahren, sonst sind wir verloren.« Darauf rief der Herr zornig: »Der Teufel wird dich nicht gleich holen. Fahr zu in des Teufels Namen.« Der Kutscher seufzte und sprach: »So will ich denn hinfahren, doch nicht in des Teufels, sondern in Gottes Namen.« Der Strom war so stark, dass die Kutsche schwamm, die Pferde befreiten sich im Wasser von der Kutsche und auf einem derselben entkam auch der Kutscher. Der gottlose Herr aber musste elendiglich ertrinken.

Auf dem Schlosse wohnten lange Zeit würzburgische Burgmänner, später Amtsmänner. Daher wurde auch das Amt Hilters nach diesem Schlosse Amt Auersberg benannt. Eine Sage erzählt, dass in der Ecke des Hofraums der Burgruine ein großer Schatz vergraben liege. Vor Jahren kam eine Gesellschaft Schatzgräber dorthin, um den Schatz zu heben. Allein sie wurden allesamt von einer erschreckenden Erscheinung vertrieben. Der Schatz soll noch immer zu heben sein.

Erstmals erwähnt wird die Burg urkundlich im Jahr 1214, die Ursprünge liegen aber sicher noch weiter zurück. Die Urkunde regelt den Verkauf der Burg durch einen Herrn von Nithardshusen aus dem Hause der Henneberger an das Kloster Fulda. Später ging die Burg an den Bischof von Würzburg. Ab dem 14. Jahrhundert verfiel die Burg langsam. 1354 wurde die heruntergekommene Burg als Amtsschloss von Fürstbischof Albrecht II. von Hohenlohe völlig neu gebaut. Während des Bauernkrieges setzten 1525 durchziehende Bauern die Burg in Brand. Sie wurde danach zwar notdürftig repariert, war aber nur noch teilweise bewohnt. Im Dreißigjährigen Krieg diente das verfallene Schloss den Einheimischen als Fluchtort. Seit 1876 wurden zunächst Aufräum- und Wartungsarbeiten, später Restaurierungen vorgenommen. Den Aussichtsturm baute man im Jahr 1969 komplett neu auf.

Das Marienbild am Battstein

Nicht weit von Hilters liegt das Dorf Batten, direkt unterhalb des Battsteins, einer schönen Basaltfelsengruppe. Dort stand ein wundertätiges, in der ganzen Gegend verehrtes Marienbild, auf welchem Maria das Christuskind auf dem Schoß hält. Einmal wühlten Schweine dieses Bild aus dem Boden. Hirten, die es fanden, stellten es auf den Fels. Dort entdeckte es der Schulmeister von Batten. Den dauerte das hübsche Bild, da es so frei in Wind und Regen stand. Er nahm es aus Frömmigkeit und trug es hinab in seine Kirche.

Am anderen Morgen war das Bild fort. Der Schulmeister wunderte sich sehr, aber als er wieder auf den Battstein ging, stand das Bild an der vorigen Stelle. Da merkten er und andere Fromme, dass dieses Bild dort oben verehrt sein wollte. Es gab einen großen Zulauf auf dem Battstein und das Bild tat viele Wunderzeichen. Man baute eine Kapelle darüber, die auf dem Berge steht. Von allen Orten der Umgegend kamen Wallfahrer zu dem Bild. Vielen hat ihr Glaube dort geholfen.

Bildstöcke, Steinkreuze, Feldkreuze, Kapellen und auch Freifiguren sind typisch für die Landschaft der Rhön. Sie stehen in Ortschaften und Städten, aber auch draußen in der Landschaft, überwiegend aber in Regionen mit katholischer Bevölkerung. Diese Bildstöcke wurden meist von Privatpersonen errichtet, oft als Ersatz für Kapellen.

Der Teufelsstein und die Teufelswand

Viele Gipfel der Rhön sind wunderbare Basalt- und Phonolitfelsenbildungen, deren Ursprung in der volkstümlichen Überlieferung dem Teufel zugeschrieben wird. So auch der nahe an der Milseburg gelegene Teufelsstein. Als der Teufel sah, so wurde erzählt, dass man auf der Milseburg eine Kirche baute, versprach er einem Bewohner der Gegend, auf einem Nachbarberg ein Wirtshaus zu bauen. Dieser gelobte ihm sich und seine Seele, wenn der Teufel das Wirtshaus nur einen Tag eher als die Kirche fertigstellte. Da aber beim Bau der Milseburgkirche der heilige Gangolfus selbst behilflich war und sich auf dessen Gebet hin die Steine schneller fügten als auf des Teufels Flüche, wurde das Kirchlein fertig, eben als der Teufel mit dem letzten Stein durch die Lüfte geflogen kam. Kaum sah er, dass er seine Wette und obendrein eine Seele verloren hatte, so schleuderte er den mächtigen Felsstein auf das Wirtshaus herab und zertrümmerte seinen ganzen Bau. So ist es heute noch zu sehen. Die Felsen liegen wie gespaltene Eichstämme in einem Holzhaufen übereinanderher.

Der Teufelswand, auch »Steinerne Wand« genannt, schreibt man einen ähnlichen Ursprung zu. An ihr stehen Säulen von Basalt senkrecht empor und sie gleicht einer großen, alten Mauer. Dort finden sich auch die Teufelskanzel und die Milchkammer, Felsenbildungen von eigentümlicher Form. Ungeheure Trümmermassen, mit basaltischem Geröll durchmischt, verkünden die unheimliche Einöde, die in der Tradition gern den so fest geglaubten Feind des Menschengeschlechts heimisch sein lässt.

In der Nähe der Steinwand ragt ein Berg empor, der Eselsborn im Volksmund heißt. Darauf soll Luzifer in Gestalt eines dreibeinigen Esels spuken.

Die Milseburg selbst wird in ihrer Entstehung mit dem Teufel in Verbindung gebracht. Einst soll ein Riese mit dem Namen Mils mit dem Teufel im Verbund sein Unwesen getrieben haben. Bezwungen wurde der Riese schließlich vom heiligen Gandolf. Der Riese Mils tötete sich schließlich selbst und der Teufel bedeckte den Leichnam mit Steinen – die heutige Milseburg.

Die Milseburg ist heute ein beliebtes Ausflugsziel. Der Gipfelfelsen ist einer der schönsten Aussichtspunkte der gesamten Rhön. Unterhalb der Kreuzigungsgruppe aus dem Jahr 1756 befindet sich die Gangolfskapelle.

Der Gangolfskeller

Es geht die Sage, dass sich auf der Milseburg ein Keller des heiligen Gangolfs befindet. Wo der Keller jedoch liegt, weiß niemand zu sagen. Er soll voll großer Schätze sein, die aber verwunschen und verschlossen sind. Keiner konnte ihn bisher finden. Einmal war eine alte Frau so glücklich, mittels einer Schlüsselblume, die sie zufällig pflückte, diesen Keller zu entdecken. Sie sah ihn plötzlich offen stehen, doch ging sie nicht hinein, denn es graute ihr davor. So lief sie fort, anderen zu sagen, was ihr begegnet war und was sie gesehen hatte. Viele folgten der Alten an den Ort, doch die Frau konnte die Stelle nicht wiederfinden. So blieb der Keller verschwunden bis heute.

Gangolf war ein burgundischer Ritter des 8. Jahrhunderts, der um 760 ermordet wurde. In der katholischen Kirche gilt er als Heiliger und Märtyrer. Für seinen Tod verantwortlich soll seine Frau sein, die ein Verhältnis mit einem Priester hatte. Nachdem Gangolf seine Frau verstoßen und den Priester des Landes verwiesen hatte, ermordete der Priester Gangolf und floh mit dessen Frau. Am Grab Gandolfs sollen sich Wunder zugetragen haben. Die Frau fand dazu nur Spott: »Gangolf verbringt ebenso Wunder wie mein Hintern Lieder singt.« Seitdem musste sie jeden Freitag, dem Todestag Gandolfs, laut und vernehmlich furzen, sobald sie auch nur ein Wort sagte.

Gangolf wird in vielen Gegenden Europas, vor allem aber in Deutschland und Frankreich als Heiliger verehrt. In Bamberg werden seine Reliquien aufbewahrt. In der Rhön gibt es bei der Ortschaft Oberelsbach den Gangolfsberg mit der »Steinernen Wand« aus hexagonalen Basaltsäulen.

Kilianskopf und Kilianshof

Im Amt Bischofsheim liegt ein Bergkegel, der »Kilianskopf« oder »Kilmannskopf« genannt wird. Dieser Berg empfing seinen Namen, weil der heilige Kilian, als er nach Franken kam, um die Christuslehre zu verbreiten, zuerst auf diesem Hügel ein Kreuz errichtete und den Umwohnern das Evangelium predigte. Erst gegen Ende des 17. Jahrhunderts entstand der jetzige Weiler Kilianshof. Man weiß nicht viel über die Gründung, doch sollen die Bewohner stolz darauf gewesen sein, dass ihre Vorfahren die ersten Christen dieser Gegend gewesen sind.

Der Name des Ortes soll sich von der Waldabteilung abgeleitet haben, die ursprünglich Kilbigs- oder Kilmannskopf hieß. Die Namensgebung zu Bischofsheim soll jedoch auf den heiligen Bonifatius zurückgehen, der seinen Weg von Fulda aus zur Kaiserpfalz Salz über diesen Ort nahm und da auch Rast gemacht haben soll.

Abt Fingerhut

Im Jahr 1270 residierte zu Fulda ein wackerer Abt, Bertho II., aus dem Geschlecht von Leipholz, der erst ein Spott, später aber ein Schrecken für jene die ganze Rhön bedrückenden Raubritter war. Wegen seiner kleinen Gestalt verspotteten die Ritter den Mönch als »Abt Fingerhut« und trieben ihr zügelloses Wesen weiter ohne Scheu. Der Abt wandte sich zunächst an den Bischof von Würzburg um Hilfe, bekam von dort aber eine Absage. Der Abt hatte inzwischen erfahren, dass die Ritter untereinander zerstritten und uneins waren. Er rief deshalb alle Dienstmannen zusammen und zog gegen Bischofsheim, wo sich viele aufhielten, um von dort ihre Raubzüge in die Gegend und bis nach Fulda zu unternehmen. Abt Bertho II. eroberte das Städtchen und nahm die Raubritter gefangen. Er ließ sie zwar am Leben, sie mussten aber geloben, dass sie künftig ihre Untaten nicht mehr ausübten. Dieser tapfere Abt zerstörte später noch die Burgen Niederschleiz, Frankenstein bei Salzungen, Wartenburg in Franken, Schwarzenfels, Eisenbach, Rockenstuhl bei Geisa, wo er zugleich Geisa dem Stift Fulda gewann, und Blankenwald. Die Burg Hasselstein erkaufte er und andere Burgen befestigte er mit Gräben und Umwallungen.

Bertho II. von Leibolz (†18.3.1271) war von 1261 bis 1271 Fürstabt des Klosters Fulda. Bertho lag mit einigen Adeligen im Streit wegen Vermögensrückforderungen des Klosters und über die Hinrichtung Hermann von Ebersbergs. In der Fuldaer Jakobskapelle wurde er am 18. März 1271 von sechsundzwanzig Rittern, die alle einmal zustachen, ermordet. Die meisten Mörder überlebten die Tat nicht lange. Der nachfolgende Fürstabt Bertho III. ließ sie aufspüren und niedermetzeln. Die Brüder Albrecht und Heinrich von Ebersberg ließ König Rudolf von Habsburg öffentlich in Frankfurt rädern.

Burg Ravensteiner Glocke

Nahe dem Kreuzberg und dem Dammersfeld liegen die Ravensteine oder Rabensteine. Die Sage erzählt, dass dort ehemals alte Burgen standen, von welchen nichts übrig geblieben ist als wüste Trümmer basaltischen Gesteins. Es sollen Raubnester gewesen sein, die in den Kämpfen des Mittelalters zerstört wurden. Einst wühlte ein Wildschwein auf dem Ravenstein eine Glocke von besonderem Klang aus der Erde. Nach mannigfachem Streit der Nachbarorte, die alle Anspruch auf die Glocke erhoben, wurde sie nach Spondra gebracht, wo sie heute noch hängen und täglich geläutet werden soll.

Der frühere Name des Kreuzbergs, Aschberg oder Asenberg, deutet auf einen kultischen Ort aus der Keltenzeit hin. Seit 686, der Missionierung der Franken durch St. Kilian, gilt der Kreuzberg auch als Heiliger Berg der Franken.

Die versunkenen Dörfer

Auf dem Rücken der hohen Rhön, da, wo jetzt das Rote und das Schwarze Moor ihre weiten Sumpfstrecken breiten, standen vor alten Zeiten zwei Dörfer. Poppenrode hieß das auf dem Roten Moor. Es versank infolge lasterhaften Lebens seiner Bewohner, vielleicht auch durch einen über das Dorf ausgesprochenen Fluch. Das Dorf auf dem Schwarzen Moor hieß Moor. Es ging auf ähnliche Weise unter. Nichts ist mehr von beiden Dörfern übrig als eine Art basaltischen Pflasters, das die Rhönbewohner unter dem Namen der steinernen Brücke kennen, und bis zu deren Verfall eine altersmorsche Moorlinde, die man als die Dorflinde des versunkenen Dorfes betrachtete.

Früher häufiger als jetzt zeigten sich auf beiden Mooren die Moorjungfrauen. Des Nachts schwebten sie in der Gestalt glänzender Lichterscheinungen über die Stätte ihres ehemaligen Wohnplatzes. Oft kamen zwei oder drei nach Wüstensachsen und mischten sich unter die Kirchweihtänze, sangen wohl auch gar lieblich, blieben aber nie über die Mitternachtsstunde. Wenn die Zeit ihres Bleibens um war, kam jedes Mal eine weiße Taube geflogen, der sie folgten. Singend zogen sie zum nächsten Berg und entschwanden dann den Augen der Nachblickenden oder den Neugierigen, die ihnen nachgingen.

Das Rote Moor soll gar ein Wetterprophet sein. Schwebt in der Früh ein kleiner Dunst darüber, so gibt es keinen schönen Tag. Ist der Dunst stärker, so gibt es schlechtes Wetter, und raucht gar das Moor, so kommen Regen und Gewitter. Schlimmer wird es, wenn das Moor tobt, wenn die schlammigen Moorwasser Wellen werfen. Dann sind Stürme, Orkane und sogar Erdbeben zu fürchten.

Eine andere Sage erzählt, dass der Teufel Wasser in die Rhön leitete, um die Täler zu überfluten. Das konnten aber die Bewohner durch Gebete verhindern, sodass der Teufel von seinem Vorhaben ablassen musste. Das Wasser blieb aber zurück und schuf die Moore.

Innerhalb des Biosphärenreservats Rhön liegen das Schwarze Moor und das Rote Moor, beides Hochmoore. Das Schwarze Moor ist dazu noch ein Kermimoor, das sich durch eine schwache, kuppelige Gestalt auszeichnet. Beide Moore liegen ca. acht Kilometer auseinander.

Vom Guckei

In der Nähe des Dorfes Weyhers liegen viele Höfe. Einer davon führt den Namen Guckei. Davon weiß die Sage Folgendes zu berichten: Es gab dort vor langer Zeit ein junges Liebespaar. Der Jüngling war ein armer Mensch, der auf einem Hof lebte. Das Mädchen aber war die Tochter des stolzen und strengen Ritters von Ebersberg, der auch Weyhers genannt wurde. Die beiden Liebenden gaben sich manch heimliches Stelldichein in einem Wäldchen zwischen dem Hof und der Burg des Ritters. Lange wusste niemand von dieser heimlichen Liebe. Doch einmal fand sich ein Verräter, der sie entdeckte und den Vater davon in Kenntnis setzte. Dieser ließ seine Tochter beobachten, die allerdings bald bemerkte, dass ihre Liebe entdeckt sei. Mit dem Geliebten vereinbarte sie ein Zeichen, nach welchem er blicken und vor Gefahr sich hüten solle. Dieses Zeichen war ein Ei, das sie unter einen Stein legte, wenn sie bei ihrem Spaziergang einen Lauscher erspähte. Fand nun der Geliebte das Ei unter dem Stein, den er nun immer hob, bevor er zum Treffpunkt ging, so entfernte er sich wieder. Fand er keins, so eilte er in die Arme seiner harrenden Geliebten.

Eines Tages umstellte man den Ort der stillen und geheimen Liebe mit Spähern, kurz nachdem das Fräulein sich nach dieser Stelle begeben und zuvor das Ei unter den Stein gelegt hatte. Man war ihr gefolgt und einem der Reisigen fiel der Stein auf. Er hob ihn an, erblickte das Ei und rief laut: »Guck 'n Ei!«, nahm es hinweg und verzehrte es. Als bald darauf der Jüngling kam, sah er im fehlenden Ei das Zeichen der Gefahrlosigkeit und nahte dem traulichen Wäldchen. Dort stürmten die Reisigen mit dem wilden Geschrei »Guck 'n Ei!« auf ihn zu und töteten ihn mit ihren Spießen. Als das Fräulein dies vernahm, stach sie sich ihre Nadel in das Herz und starb. Später wurde dort ein Hof erbaut und nach dieser traurigen Geschichte »Guckei« genannt. Es heißt, dass der Schatten der beiden Liebenden noch heute dort wandert.

Die Grafen von Sempt-Ebersberg waren ein mächtiges bayerisches Geschlecht seit dem späten 9. Jahrhundert bis ins 11. Jahrhundert, in dem das Geschlecht erlosch. Die Wasserburg Weyhers war Sitz der Ritter von Ebersberg, genannt zu Weyhers. Der Ort gehörte jedoch zu den von Eberstein und wurde erstmals 1270 erwähnt. Reisige waren im Mittelalter gewappnete Dienstleute, ab dem 16. Jahrhundert dann bewaffnete Reiter.

Sagen des Grabfeldes

Das Grabfeld liegt im Grenzbereich Südthüringens und Nordbayerns. Es ist eine flachwellige bis hügelige, überwiegend aus Muschelkalk und Keuper bestehende Landschaft. Als ostfränkischer Gau sind Gaugrafen seit 819 urkundlich belegt. Sie gehörten den fränkischen Babenbergern an. Danach gehörte es zum Hochstift Würzburg, später über einige Umwege zum Kurfürstentum Sachsen.

Bienen retten Kissingen

Ein steinerner Kopf am Kissinger Rathaus ist dem Andenken eines Bürgers namens Peter Heil gewidmet. Der Sage nach lebte er während der Schwedenkriege in Kissingen. Im Jahr 1643, die Schweden hatten bereits die ganze Gegend von ihrem Lager über Bischofsheim aus verheert und geplündert, drohten sie nun auch Kissingen heimzusuchen. Es sollte ein heimlicher Überfall an einem Jahrmarkt stattfinden. Das feindliche Heer verbarg sich im nordöstlichen Bergwald, wo er jedoch von einigen Krämern entdeckt und den Kissingern angezeigt wurde. So kam es, dass der Feind tapferen Widerstand fand. Mehrere Tage lang beschossen die Schweden die Stadt und bestürmten sie immer wieder. Die kampfesmüden Einwohner waren kaum noch in der Lage, Widerstand zu leisten, als Peter Heil den Rat gab, die zahlreichen Bienenkörbe, die die Bürger besaßen, von der Mauer hinab auf den anstürmenden Feind zu stürzen. Dies geschah. Die Bienen fielen voll Grimm über die Feinde her und stachen manchen sogar zu Tode. Da wurde Rückzug anbefohlen und die Stadt war gerettet. Dem Peter Heil aber, dessen Rat ihr zum Heil geworden, setzten sie das Denkmal am Rathaus.

Ein Peter Heil konnte von einem Heimatforscher nachgewiesen werden, die Bienenschlacht allerdings lässt sich nicht belegen. Tatsächlich hatten die Kissinger auch schon zuvor unter den Schweden zu leiden. Sie wurden von diesen bereits vom Hochstift Würzburg beherrscht. Trotzdem stand das schwedische Heer 1636 vor den Toren der Stadt und ließ sich nur gegen eine Zahlung von 3000 Reichstalern von der Zerstörung der Stadt abhalten. Ein weiterer Angriff der Schweden ist für das Jahr 1645 belegt. Als der Dreißigjährige Krieg vorbei war, war Kissingen, wie viele andere Städte auch, durch Pest und Krieg weitgehend entvölkert.

Von der Burg Botenlauben

Nahe bei Kissingen erhebt sich die Burg Botenlauben, im Volk die Botenlaube genannt. Vor Zeiten wohnte dort ein berühmter Graf aus dem Geschlechte der Henneberger, Herr Otto von Botenlauben. Der war ein berühmter Minnesänger und dichtete schöne Lieder, von denen noch einige erhalten sind. Früher hatte er die Burgen Lichtenberg bei Ostheim und Habesburg bei Meiningen besessen. Er verkaufte sie aber und erwarb Burg Botenlauben. Er zog als Kreuzritter nach dem Heiligen Lande, kämpfte dort gegen die Sarazenen und erwarb sich den Ruhm eines mannhaften Streiters. Dort nahm er sich auch eine Braut, Beatrix, Tochter eines Grafen von Courtenay, Grafen von Tiberias und Fürsten von Edessa, die mit den Königen von Jerusalem nahe verwandt war. Er führte sie auf seine heimatliche Burg, wo sie in größter Eintracht lebten, fromme Werke übten und das Nonnenkloster Frauenrode bei Waldaschach gründeten.

Die Burg Botenlauben wurde im Bauernkrieg zerstört. Der Haufen von Aura griff sie an, doch ihre festen Mauern widerstanden. Der würzburgische Burgmann, der darin saß, einer des Geschlechts derer von Steinrück, verteidigte die Veste wacker. Da fand sich ein schnöder Verräter, der Koch, welcher den Bauern gegen guten Lohn versprach, zur Nachtzeit heimlich das Tor zu öffnen. Zum Zeichen, dass dies geschehen, wollte er auf dem Küchenbrett hacken.

So wurde die Burg verräterisch gewonnen, die Besatzung niedergemacht und das Haus in Brand gesteckt. Dem Koch aber gaben die Bauern seinen Verräterlohn. Sie stachen ihm die Augen aus und warfen ihn in die Flammen. Immer noch, so kündet die Sage, geht sein ruheloser Geist des Nachts durch die öden Räume. Er kann keine Erlösung finden und in sturmvollen Nächten hört man deutlich das gespenstige Hacken auf dem Küchenbrett.

Man nimmt an, dass die Burg um 1180 entstanden ist. Erste Erwähnung fand sie in einer Urkunde aus dem Jahr 1206. Der zukünftige Bewohner, Otto de Bodenlouben, wird darin genannt. Otto von Henneberg (1777–1245) war ein Minnesänger und Kreuzritter. In älteren Urkunden nennt er sich noch Graf von Henneberg. Ab 1206 zeichnet er aber als Graf von Botenlauben, nach der Burg bei Kissingen, die er um diese Zeit erwarb. Zum festen Wohnsitz wurde die Burg erst um 1220, als er sich mit seiner Frau, Beatrix von Courtenay, dort endgültig niederließ. 1234 verkauften sie die Burg an das Hochstift Würzburg, behielten aber das Wohnrecht bis 1242. Mit den Mitteln aus dem Verkauf finanzierten sie das Kloster Frauenroth, wo sie auch begraben liegen. 1525 wurde die Burg während des Bauernaufstands zerstört. Nach der Niederschlagung des Aufstands mussten die Bauern helfen, die zerstörte Burg wieder zu errichten. Die Burg wurde bis ins frühe 19. Jahrhundert belehnt. Da war die Burg aber längst eine Ruine und wurde als Steinbruch genutzt. Die Ruine ist noch heute zu sehen.

Amalbergas Schloss

Auf dem Hammelburger Berg in der Nähe der alten Stadt Hammelburg stand ehemals ein Schloss, das Amalberga, die Thüringer Königin, erbaut haben soll. Dieser Berg liegt der Saale stromaufwärts nach Westheim zu und es sind von dem Schlosse noch einige Trümmer zu sehen. Bei dieser Ruine hütete einst ein Knabe die Schafe. Da es ein sehr heißer Tag war, schlief er vor Ermattung ein. Im Traum erblickte er eine wunderschöne Frau, die ihm winkte, und so folgte er ihr. Sie kamen in ein prächtiges Schloss und die schöne Frau führte ihn von Zimmer zu Zimmer, sodass sie alle Prachträume durchwanderten. Sie zeigte ihm Truhen voller Gold, Silber und Edelsteine, von denen zu nehmen die Frau dem Knaben durch Zeichen gebot. Es reizte ihn aber nichts als eine schöne, natürliche Blume, welche er auf einem Marmortisch liegen sah. Die Frau reichte ihm diese und bedeutete ihm still, seinen Hut damit zu schmücken. Dann verließen sie das Schloss wieder. Plötzlich erwachte der Knabe und stellte fest, dass er geträumt hatte. Als er aber seinen Hut nahm, war daran die Blume befestigt – und sie war aus purem Gold.

Dies hat eine alte, brave Frau erzählt, von der noch Enkel leben. Sie hat jenen Hirten gut gekannt, der auch ihr und anderen oft die Blume gezeigt hatte. Von dem alten Schloss werden auch weitere alte Geschichten erzählt, etwa, dass Amalbergas Schloss die eigentliche Hammelburger Veste gewesen sei. In diesen Turm sperrte die schöne, aber arglistige Königin manchen jungen edlen Ritter, den sie an sich gelockt zu frevelhafter Lust und den sie danach im Turm elendiglich umkommen ließ. Darum sei es droben auch nicht geheuer. Nachts könne man um den Turm irrende Flämmchen oder plötzlich auflodernde Feuer erblicken.

*Amalberga ist ein germanischer Frauenname, der sich aus dem gotischen »amal« (Stammvater der Amaler, aber auch tapfer, kräftig) sowie »bairgan« (bergen, bewahren, erhalten) ableitet. Eine Amalaberga (*um 540) ist als Tochter Amalafridas, der Schwester Theoderichs des Großen, überliefert. Sie wurde mit dem Thüringerkönig Herminafried verheiratet. Amalaberga soll ihren Gatten zum Mord an einem seiner Brüder angestiftet haben, aber diese Darstellung des Gregor von Tours ist nicht glaubwürdig. Nachdem ihr Gatte im Jahr 534 ermordet worden war, flüchtete Amalaberga mit ihren Kindern nach Ravenna zu ihrem Bruder Theodahad und nach dessen Absetzung nach Konstantinopel. Erstmalige Erwähnung findet die im Mittelalter entstandene Burg Saaleck im Jahr 1030, da sie zu dieser Zeit stark ausgebaut wurde.*

Sondheimer Kirchhof

In der Nähe des Städtchens Arnstein steht eine uralte Kirche in einem schönen Wiesental. Vor Zeiten soll ein Dorf mit dem Namen Sondheim dort gelegen haben, aber es ist untergegangen und einzig die Kirche davon übrig geblieben. Von Arnstein erreichte man diese Kirche über eine schöne Obstbaumallee. Gottesdienste wurden von Ostern bis Allerheiligen dort gehalten und auf dem Kirchhof wurden Arnsteiner bestattet. Dort konnte man manche altertümliche und sehenswerte Grabsteine und Monumente sehen. Eines davon schrieb man einer bekehrten Hexe zu.

Es lebte in Arnstein Cordula Beckin. Das war eine begüterte Frau, deren Reichtum den anderen nicht erklärlich schien. Man mutmaßte, dass sie denselben nicht auf gewöhnlichem Wege erlangt habe, sprach ihr viel Böses nach und nannte sie gar eine Hexe. Als ihr das letzte Stündlein gekommen war, soll sie viel Böses und Schweres in der Beichte von ihrem Herzen gewälzt haben. Versöhnt mit Gott sei sie gestorben. Ein bedeutendes Legat vermachte sie zur Unterstützung der Schullehrer, Studenten und Handwerkslehrlinge in Arnstein. Das Legat wurde vom Magistrat der Stadt verwaltet. Auf dem Sondheimer Kirchhof wurde ihr ein Epitaphium, das ist ein Grabdenkmal mit Inschrift, errichtet.

Arnstein erhielt 1333 die Stadtrechte zugesprochen. Bereits zur Gründung stand die spätgotische Pfarr- und Wallfahrtskirche Maria Sondheim den Arnsteinern als Pfarrkirche zur Verfügung. Während der Verpfändung der Stadt an die Herren von Hutten diente sie auch als Familiengrab der Adelsfamilie.

Vom Ursprung der Stadt Schweinfurt

Viele haben behauptet, dass Schweinfurt bereits zweihundert Jahre vor Christi Geburt bestanden habe. Den Namen habe es von den Sueven bekommen, einem deutschen Volksstamm, der an dieser Stelle eine Furt über den Mainstrom hatte. Deshalb soll der Ort Suevenfurt genannt worden sein. Urkundlich tritt diese berühmte fränkische Stadt zuerst unter der Benennung Suuinfurt, Svvinfurt und Suinuorde im 9. Jahrhundert auf. Besitzer der Stadt war zu Beginn des 10. Jahrhunderts Gottwald, ein Graf von Henneberg, aus dessen Nachkommenschaft die späteren Markgrafen – die Gaugrafen der Schweinfurter Markung – hervorgingen. Unter dem Markgrafen Berthold wird Schweinfurt schon gegen das Jahr 1000 Stadt genannt. Bertholds Gemahlin hieß Heile oder Geila und ihr war Schweinfurt als Erbgedinge verschrieben.

In den alten Zeiten lag Schweinfurt nicht da, wo es jetzt liegt, sondern eine Strecke weiter aufwärts am Main, da, wo man noch eine Anzahl Gärten und Weinberge die »alte Stadt« nennt. Viele der Weinbergslagen tragen noch die einstigen Benennungen, welche die Straßen führten, als dort Häuser standen, wo jetzt Reben- und Obstbaumpflanzungen sind. Unter der alten Stadt sollen noch große Schätze und Kostbarkeiten liegen. Wer sie zu heben wüsste, könnte sehr glücklich werden.

Aus dem Dunkel der Geschichte treten die Namen einiger Markgrafen als Besitzer von Schweinfurt hervor. Hezilo oder Heinrich, Sohn des Markgrafen Berthold, hatte seine Residenz meist zu Schweinfurt, während sein Vater in Bamberg Hof hielt und über weite Länder das Zepter seiner Macht schwang. Ein zweiter Sohn desselben hieß Burkard. Hezilo war ein ehrgeiziger Mann. Als der Bayernherzog Heinrich, Heinrich des Zänkers Sohn, sich um die Krone Kaiser Ottos III. bewarb, zog er auch den Markgrafen durch Gaben und Zusagen an sich. Hezilo durfte hoffen, Herzog von Bayern zu werden, sobald Heinrich die Kaiserkrone auf dem Haupt trug. Dieses erfolgte im Jahr 1002. Hezilos Hoffnung jedoch erfüllte sich nicht, wie treu und anhänglich er auch dem deutschen König diente.

Müde des Harrens auf die Herzogskrone, fiel Hezilo von Heinrich II. ab und verband sich mit den Herzögen von Böhmen und Polen gegen den Kaiser. Doch das Vorhaben, den

Kaiser zu entthronen, misslang. Die Feste der Markgrafen wurden belagert und genommen. Hezilo entkam mit den Seinen nach Cranach, doch auch dort wurde er hart bedrängt. Er steckte diese Veste selbst in Brand und floh nach Böhmen. In Schweinfurt lebte Hezilos Mutter, Geila, und erbaute dort auf der Peterstirn ein Kloster und eine Kirche. Als des Kaisers Krieger nahten, um auch Schweinfurt zu vernichten, öffnete Geila ihnen die Tore und bat um Schonung. Anderenfalls würde sie sich unter den Trümmern der Kirche begraben lassen. Da wurde die Kirche geschont und nur die Mauern abgerissen und ein Teil der Stadt in Brand gesetzt.

Später ergab sich Hezilo und demütigte sich vor dem Kaiser. Aber Heinrich der Fromme ließ ihn sofort auf den Giebichenstein gefangen setzen. Das Herzogtum Bayern empfing der Bruder von Kaiser Heinrichs Gemahlin Kunigunde, Hermann von Luxemburg. Nach einem Sieg des Kaisers über Boleslav erflehte der Bischof Gottschalk von Freisingen die Freilassung des gefangenen Markgrafen von Schweinfurt mit den Worten: »Ich beschwöre dich, Herr, im Namen und durch die Liebe dessen, der seinen Schuldner zehntausend Talente erlassen, dass du dich, teuerster Herrscher, Heinrichs, einst Markgraf, doch nun, wie ich hoffe, reuiger Büßer, erbarmest, ihn von seinen Banden lösest und ihm Gnade schenkst, auf dass du selbst mit freierem Gemüt heute zum Herrn flehen mögest: Vergib uns unsere Schuld!«

Diese eindringliche Rede bewirkte Hezilos Freilassung. Der eilte nach Schweinfurt und baute wieder auf, was im Krieg zerstört worden war. Er selbst starb zu Schweinfurt und wurde dort im Kloster, nicht weit von der Türe, begraben.

Um das Jahr 1000 hatten die Markgrafen von Schweinfurt ihre Hauptburg auf der Peterstirn, östlich der heutigen Stadt gelegen. Graf Heinrich von Schweinfurt, der auch Hezilo genannt wurde, verlor die Fehde gegen König Heinrich II. im Jahr 1003. Damit ging auch die dominierende Stellung der Markgrafenfamilie verloren. Hezilos Sohn Otto war der letzte männliche Nachkomme dieses Geschlechts.

Die Entführung

In dem stark umwallten und befestigten Kloster, das die Markgräfin Geila zu Schweinfurt gestiftet hatte und das dort lag, wo man die Gegend heute noch die Peterstirn nennt – über dem Weg nach dem Schlosse Mainberg –, wurde die Tochter des Markgrafen von Schweinfurt erzogen. Jutta war ein Wunder an Schönheit und man erzählte sich in allen Ländern davon. Auch Břetislav, der Sohn des Böhmenherzogs Oldřich, erfuhr davon und machte sich auf an den Hof des Henneberger Grafen. Als er die holde Jutta sah, entbrannte er so gegen sie in Minne, dass er alles daranzusetzen beschloss, sie sein zu nennen.

Der Wille derer, die über Juttas Hand zu verfügen hatten, schien ihm nicht günstig. So beschloss er eine Entführung. Er betrat als Reisender das Kloster mit einigen Gefährten, passte einen günstigen Augenblick ab, wo Jutta in die Kirche ging, hob sie auf seine Arme und trug sie zur Pforte. Eine Kette versperrte den Ausweg, aber mit einem Schwerthieb sprengte der kräftige Jüngling diese und trug Jutta vom Berge herab bis dorthin, wo seine Gefährten mit den Rossen am Main warteten. Hier verlor Jutta einen roten Schuh.

Als das bestürzte Kloster an Kaiser Konrad den Salier, der ein naher Verwandter Juttas war, die Schreckensbotschaft sandte, ward dem Boten zur Beglaubigung der Schuh mitgegeben. Gerade als er aber überreicht werden sollte, verschwand der Schuh.

Zwar zürnten die Verwandten und dem Land Böhmen drohte ein neuer Krieg, doch empfing Břetislav Verzeihung, da Jutta selbst fußfällig vor dem Kaiser darum bat. Von dem Kloster selbst sind heute nicht mehr als ein paar Mauerreste zu sehen.

Judith von Schweinfurt (vor 1003–2.8.1058) war die Tochter des Markgrafen Heinrich aus dem bayerischen Nordgau und der Gerberga von Henneberg. Ihre Jugend verbrachte die junge Frau im Kloster in Schweinfurt, in dem sie Břetislav, der Sohn des Böhmenherzogs Oldřich, sah. Da er selbst aus einer unehelichen Allianz seines Vaters mit einer Bäuerin stammte, hatte er keine Möglichkeit, um ihre Hand anzuhalten. Er entführte sie am 7. Juli 1021 zunächst nach Böhmen und brachte sie anschließend nach Mähren, wo der deutsche Einfluss gering war. Im Jahre 1029 heirateten sie und führten den zeitgenössischen Quellen nach eine glückliche Ehe. Nach dem Tod ihres Mannes wurde Judith im Jahr 1055 von ihrem ältesten Sohn Spytihněv vertrieben und floh nach Ungarn, wo sie den Rest ihres Lebens verbrachte. Ihre sterblichen Überreste wurden nach Prag überführt und im Veitsdom bestattet.

Das Kloster in Schweinfurt wurde von den Benediktinern geführt. Es erhielt von den Mönchen den lateinischen Namen »Stella Petri« (Petersstern). An gleicher Stelle, die Peterstirn genannt wird, befindet sich heute ein burgähnliches Gebäude aus dem 19. Jahrhundert. An die Entführung der Judith von Schweinfurt erinnert eine Grotte, an der ein Schuh in Stein gemeißelt ist.

Hinze-Hänsele

In einem gewissen Hause auf dem Marktplatz zu Schweinfurt wohnte vor langer Zeit ein reicher Kaufmann, der einen Ladendiener hatte, den man nur den Hinze-Hänsele nannte. Er war schon sehr alt und wurde im Hause bei seinem Prinzipal sehr geachtet. Eine altertümliche Tracht und seine merkwürdige Gestalt machten ihn unverkennbar. Als Hinze-Hänsele gestorben war, verbreitete sich bald das Gerücht, dass er spuke, sowohl im Haus und Laden als auch im Wehrwäldchen, dem schönsten Spazierweg am Main entlang. Viele wollten das magere und schmächtige Männlein dort mit seiner Perücke und seinem rotbraunen, breitschößigen Röcklein gesehen haben. Der Geist des Hinze-Hänsele hatte die Eigenart, den Leuten, die ihm begegneten, auf den Rücken zu springen, und ungeachtet seiner Magerkeit machte er sich dabei so schwer, dass er kaum zu schleppen war. Alle fürchteten sich vor diesem Gespenst und sowie die Dämmerung eintrat, ergriff besonders die spielenden Kinder ein Schauer vor dem Hinze-Hänsele und sie verließen eilig das Wäldchen.

Das Haus des Kaufmanns wurde wegen dieser Spukgeschichte später sehr billig verkauft. Es ist dasselbe, in welchem, wie die Sage geht, vor vielen hundert Jahren drei Könige an einer Tafel speisten, dem zum Gedächtnis in der Wand eine Schrifttafel eingelassen wurde.

An einem schönen Sonntagnachmittag ging ein Musiker an das Seeloch am Wehrwäldchen und angelte. Gegen Abend gesellten sich auf dem Heimweg noch einige junge Leute zu ihm und die Rede kam auf Hinze-Hänsele und seine Neckereien. Der Musiker glaubte sich viel klüger und aufgeklärter als seine Begleiter und rief: »Schweigt mir doch vom Hinze-Hänsele, dem dummen Kerl.« Zack! Da hing auf seinem Rücken etwas Schweres, wie ein Mehlsack. Er rüttelte sich und schüttelte sich, um es abzuwerfen. Er rieb sich an den Bäumen und schämte sich zu schreien. Doch auf ihm blieb es wie Blei, bis er an die Pfitz kam, da sprang es von ihm ab, unversehens, wie es gekommen war, und der Musiker wischte sich aufatmend den Angstschweiß von der Stirn. Nie wieder schimpfte er auf Hinze-Hänsele, der die Verhöhnung an ihm gerächt hatte.

Ein »Aufhocker« ist ein koboldartiger Druckgeist, der Wanderern, die abends oder nachts noch unterwegs sind, auf den Rücken springt. Sagen von Aufhockern sind nicht nur in Deutschland weit verbreitet. Auch in Tauberfranken finden sich regionale Varianten dieser gruseligen Sage. So soll bei Tauberbischofsheim an einem alten Steinkreuz aus dem Jahre 1491 ein Aufhocker lauern und Wanderern, die zur Geisterstunde dort vorübergehen, auf den Rücken springen.

Das Luciämahl

Zu Schweinfurt lebte eine reiche, doch sehr fromme und mildtätige Frau, die Lucia hieß. Diese rettete in einer sehr bedrängnisvollen Zeit die Stadt, die entweder verpfändet oder in Feindeshänden war, dadurch, dass sie freiwillig eine große Summe Geldes aufbrachte. Zum Andenken ward auf den Namenstag dieser Wohltäterin vom alten reichsstädtischen Magistrat die Ratswahl verlegt, dieselbe dann sehr festlich mit einem Aufzug und einem Mahl gefeiert, welches fortan das Luciämahl hieß. Am frühen Morgen wurde mit dem Schall von Trommeln und Flöten die Stadtfahne mit dem weißen Adler auf blauem Felde aus dem Zeughaus geholt. Danach zogen die Ratsherren in die Kirche, während die Stadtmiliz aufmarschiert war und eine Parade abhielt. Nach der Predigt verfügte sich der Zug in gleicher Ordnung auf das Rathaus, woselbst nun die Herrenwahl vor sich ging. Dann wurde das Mahl gehalten und auch an die Kinder davon verteilt. Später wurde dieses Mahl aufgegeben.

In einer alten Chronik der Stadt Schweinfurt aus dem Jahr 1650 findet sich noch der Eintrag: »Die Luciämahlzeit wurde in diesem Jahre noch ausgesetzt, und statt derselben nach Abhörung der Rechnungen Montags und Dienstags vor und Freitags nach Luciä Abends ein Trunk mit Kuchen, wie die letzten Jahre her gegeben, wobei jedoch das Regimentshaus nachts 8 Uhr geschlossen werden sollte« (Chronik der Stadt Schweinfurt, herausgegeben von Heinrich Christian Beck, zweiter Band, erste Abtheilung, Schweinfurt 1841, S. 34).

Die zwölf Gerichteten

In der Zeit, als der Bischof Iring von Rheinstein auf dem Bischofssitz in Würzburg thronte, saßen auf dem Schloss Altenstein dreizehn Ritter, Brüder aus altem, kriegerischem Geschlecht, die das bischöfliche Gebiet nicht immer in Ruhe ließ. Der Bischof, ebenfalls ein kriegsfreudiger und heldenmütiger Mann, zog mit seinen Streitkräften vor den Altenstein. Er sah aber bald ein, dass die feste, schier unüberwindliche Burg ihm lange genug Trotz bieten würde, denn die zwölf Ritter – der dreizehnte, Seifried, war als Johanniterritter in der Fremde – wehrten sich tapfer und schlugen jeden Angriff ab.

Da griff der Bischof zu schnöder List, denn er wollte um jeden Preis die Ritter bändigen und demütigen. Er bot den zwölf Brüdern einen friedlichen Vergleich an, auf den diese eingingen und den Bischof mit einigen Begleitern in die Burg einließen. Sie bewirteten ihn köstlich. Nach der Mahlzeit wollte der Bischof mit den Brüdern einzeln in seinem Gemach reden, um zu einem gütlichen Vertrag zu kommen. Sowie nun einer der Ritter das Gemach des Bischofs betrat, wurde er durch einen Schwertstreich meuchlings getötet. Elf der Brüder waren bereits gefallen, als der letzte Verdacht schöpfte und unversehens das Gemach betrat. Er sah den Bischof triumphierend über den Leichnamen der Gemordeten stehen und drang mit seinem Waidmesser auf ihn ein. Da packten ihn aber schon die Männer und er schaffte es nur noch, das Messer mit einem Fluch auf den Bischof zu schleudern. Es traf jedoch nicht des Mörders Hals oder Herz, sondern nur seine Nase, die davon um ein Kleines kürzer wurde. Danach sank auch der zwölfte Bruder tot zu Boden.

Im Kloster Langheim wurden die zwölf Ritter beerdigt. Andere sagen, es seien nur die Köpfe begraben worden. In den Burgruinen soll das Gemach, in der die schauderhafte Untat stattfand, noch zu sehen sein.

Seifried von Altenstein kehrte aus der Fremde zurück, entbot dem Bischof Fehde und ruhte nicht, bis er wieder in das Erbe seiner ermordeten Brüder eingesetzt war. Von ihm leiten die späteren Altensteiner ihre Herkunft ab. Man sagt auch, Seifried habe sich eine Zeit lang als Maurer durchgeschlagen und davon sollen die drei Hämmer im Wappen herrühren. Was Bischof Iring von Rheinstein an den Rittern von Altenstein verbrochen hat, wurde in der Familie derselben mündlich bis zu den letzten Enkeln weitergegeben. Jene Tat soll sich im Jahr 1254 ereignet haben.

Der Würzburger Bischof Iring von Reinstein-Homburg († 2.11.1265) ist bereits erstmals 1240 als Würzburger Domherr bezeugt. Von 1254 bis zu seinem Tode war er Bischof von Würzburg. Er hatte sich in seiner Amtszeit mit den Bestrebungen der Stadt nach größerer Autonomie auseinanderzusetzen, die mit dem Beitritt Würzburgs in den ersten rheinischen Städtebund ein deutliches Zeichen setzte. Zwischen Stadt und Bischof waren Vermittlungen nötig, die dennoch Konflikte nicht unterbinden konnten. Erst am 26. August 1265 kam es unter Vermittlung von Albertus Magnus zu einem Friedensvertrag. Mit den Nachbarn pflegte Iring friedliche Beziehungen. Die Sage um die Belagerung des Altensteins ist nicht belegt, da es aber vergleichbare Fälle gab – etwa 1168 der Sturm auf die Burg Bramberg und etwas später im Jahr 1323 ein Angriff auf die Burg Rotenhan –, ist ein realer Hintergrund zumindest anzunehmen. Die Burg Altenstein ist eine der größten Burgruinen Frankens und auch heute noch eine Besichtigung wert.

Die Fickmühle

Auf einer Felsenspitze in der Nähe der Burgruine Lichtenstein soll eine sogenannte Fickmühle vergraben sein. Der Teufel habe dort einst mit einem Ritter gespielt. Gewann der Ritter, so musste ihm der Teufel eine lange Reihe von Jahren dienstbar sein, ohne dass der dafür Lohn zu erwarten hatte. Gewann aber der Teufel, so war des Ritters Seele sein Eigen, ohne dass er demselben zu dienen brauchte. Man weiß nicht, wer das Spiel gewonnen hat. Andere erzählen, hier habe Gustav Adolph mit seinen Generalen um Dukaten gespielt und diese aus einem noch zu sehenden ausgehöhlten Loch, das man das Dukatenloch nennt, genommen.

Die Fickmühle, andernorts auch Zwickmühle genannt, bezeichnet eine Spielstellung in dem bekannten Mühlespiel, bei der mit einem Zug eine bestehende Mühle geöffnet und gleichzeitig eine offene Mühle geschlossen wird. Möglicherweise ist diese Bezeichnung in alter Zeit auch generell für das Mühlespiel genutzt worden. Im übertragenen Sinne wird die Bezeichnung »Zwickmühle« auch gebraucht, wenn man in einer Situation steckt, bei der zwei vorhandene Möglichkeiten ein unerwünschtes Ergebnis bringen. Man nennt diese Situationen auch Dilemma.

Der Haßgau und die Haßberge

Innerhalb des weit ausgedehnten Grabfeldgaus ist auch das Haßgau inbegriffen, jener Distrikt, welcher sich vom Mainufer bei der Stadt Haßfurt bis zu den Haßbergen ausbreitet. Dieser Gau wird schon in alten Urkunden erwähnt und enthält Orte und Schlösser, die einst stark und mächtig waren, jetzt aber zum Teil unbedeutend und verfallen sind. Wer die Grenzen dieses Gaus umgehen möchte, der müsste von der Ruine Wildberg, nahe Königshofen am Haßberger Wald gelegen, nach Markt Steinach wandern, von da zum Main herab über Theres und Haßfurt, dann den Main entlang etwa bis zum Einfluss der Baunach, deren Lauf dann aufwärts zu folgen ist, bis zu ihrem Ursprung auf dem Haßberg. Das kleine Gebirge ist von ziemlicher Höhe und sehr bewaldet. Seine Steigung beginnt schon bei Zeil, hebt sich bis zur Bettenburg, heißt dort der große Haßberg, steigt dann wieder und senkt sich als kleiner Haßberg nach Oberlauringen, Saal, Königshofen zu, nach dem heute sogenannten Grabfeld hinab. Und wie der berühmte Rennsteig über den Kamm des Thüringer Waldes zieht, so zieht auch über dieses kleine Gebirge ein Weg hin, den die Umwohner den Rennweg nennen. Man erreicht denselben vom Dorf Nassach aus. Er ist verraint und versteint und erstreckt sich nach der Jäger Bericht ostwärts bis nach Böhmen, westwärts bis nach Hessen. Wo dieser Rennweg über den Bramberg Wald hinzieht, heißt er die hohe Straße.

Diesem kleinen Gebirge entspringen die Baunach, die Nassach und die fränkische Saale. Die Schlösser und Bergtrümmer von Wildberg, Rotenstein, Bettenburg verleihen ihm einen romantischen Reiz, der durch die übrigen Burgen Königsberg, Schmachtenberg, Bramberg, Raueneck, Altenstein und Lichtenstein noch gesteigert wird. Das Land selbst ist fruchtbar, wohlangebaut und von den Höhen gewähren sich reizende Fernsichten auf den Thüringer Wald, die Rhön und den Steigerwald. Vom Hassberg soll das adelige Geschlecht derer von Heßberg den Namen führen, deren Rittersitz freilich in ziemlicher Entfernung von diesem Gebirge lag. König Arnulph, der vorletzte Karolinger, dotierte einen gewissen Boso mit Gütern in der Nähe von Wettringen bei Lauringen, allwo auch im Jahr 892 ein Centgericht war.

Die Bistümer Würzburg und Bamberg stritten sich im Mittelalter um die Haßberge. Beide Bistümer errichteten deshalb Burgen, um ihre Territorien zu sichern. Die Haßberge nennt man deshalb auch das Land der Schlösser, Burgen und Ruinen. Lange Jahre verfielen die Ruinen, teilweise wurden sie auch Schauplatz für esoterische Fantastereien, in deren Gefolge mancher Vandalismus zu finden war. Seit den 1990er-Jahren greift aber eine neue Kulturpolitik, die auf Restaurierung und Denkmalschutz setzt. Ein Rundwanderweg von rund 40 Kilometer Länge, der als burgenkundlicher Lehrpfad ausgezeichnet ist, berührt acht wichtige Burgen dieses Höhenzugs, darunter die Burg Altenstein, die Burg Lichtenstein und die Burg Raueneck. Näheres erfahren Sie unter www.hassberge-tourismus.de.

Von der Burg Schmachtenberg

Eine halbe Stunde von Zeil, anderthalb Stunden von Eltmann entfernt, ruhen auf einem hohen Berg die Trümmer der ehemaligen Burg Schmachtenberg. Vor langer Zeit soll sie ein Königshof gewesen sein und wurde Castrum Zilanum, die Zeiler Burg, genannt. Diese Burg hatte drei hohe Türme, von denen man die Burgfesten Altenburg, Rotenstein, Bramberg, die Waldburg, Ebersberg, den Zabelstein, Königsberg, Wildberg am Haßberg, die Lichtenburg bei Ostheim, Henneberg und andere erblicken und ihren Wächtern Zeichen und Feuersignale geben konnte.

Im Jahr 1525 drohte Schmachtenberg die Zerstörung. Die empörten Bauern erhoben sich auch in dieser Gegend gegen den Druck, der auf ihnen lastete, und begannen mit Verwüstung und Plünderung aller geistlichen und ritterlichen Besitzungen. Schon war Schmachtenberg belagert. Von hier aus sollte die Stadt Zeil bezwungen werden. Da rückte der oberste Hauptmann des fränkischen Bundesheeres, Georg Truchsess von Waldburg, von Haßfurt aus an, rettete die Stadt und vertrieb den Haufen von der Burg Schmachtenberg.

Später erlag die Burg den wilden Truppen des Markgrafen Alcibiades von Brandenburg, wurde von ihnen geplündert und abgebrannt. Die Steine schaffte man in späteren Jahren zur Erbauung des Kastenhofes in Zeil von der Burg herunter und so blieben nur die Ringmauern, die Reste zweier Rundtürme und ein Kellergewölbe übrig. Dann ging die Burgruine in den Besitz der gräflichen Familie von Schönborn-Wisentheid über, die die Parkanlagen darin pflegten. Eine Sage erzählt, dass noch Schätze unter den Türmen ruhen sollen.

Es handelt sich um einen relativ späten Burgneubau vermutlich um 1420. Die Schießscharten sind für Feuerwaffen eingerichtet. Zerstört wurde die Burg bereits 1554 im zweiten Markgrafenkrieg. Gegen Ende des 17. Jahrhunderts entnahm man der Burg Steine für den Bau des Zieler Stadtschlosses.

Die alte Burg Bramberg

Auf dem Bramberge, dem höchsten unter denen, welche in der Gegend von Königsberg aufragen, liegt eine Burgruine gleichen Namens, von Wald umgeben und schwer erreichbar. Hat sich der Wanderer jedoch durch das dicke Gestrüpp des schattendunklen Eichenwalds und das mächtige Steingeröll emporgearbeitet, so lohnt ihn eine reizende Fernsicht, welche der Thüringer Wald, die Rhön und der Steigerwald begrenzen. Düster ragt das mächtige Gemäuer der Ruine empor. Furcht und Aberglauben sorgen dafür, dass sich selten Menschen hierher verirren. Es sind die Reste der Burg Bramberg, ein Sitz wilder Raubritter. Sie wurde auf Geheiß Kaiser Friedrich Barbarossas zerstört, weil von ihr aus der Frieden der ganzen Provinz oft gebrochen und gestört wurde und besonders die Würzburger Kirche bei vielen Veranlassungen darunter litt. Nach der Zerstörung schenkte der Kaiser den Berg der Kirche Würzburg, verbot aber, ihn jemals wieder zu befestigen oder die Ruine zu erneuern. Im Volk geht zwar die Sage, Burg Bramberg sei erst im Bauernkrieg zerstört worden und es hätten damals die Ritter darin ein schmähliches Ende gefunden, weshalb sie auch noch in manchen Nächten auf den Bergen spukten und die Wanderer erschreckten. Allein es ist nicht zu glauben, dass diese Burg gegen des Kaisers ausdrücklichen Befehl erneuert wurde, noch weniger, dass Würzburg solches geduldet haben würde. Auch finden sich in urkundlichen Nachrichten keine späteren Besitzer.

Heute ist die Burgruine Bramberg frei zugänglich, denn sie wurde in den 1970er-Jahren saniert. Sie befindet sich innerhalb des Naturparks Haßberge auf dem Gipfel des 494,3 Meter hohen Brambergs, etwa zwei Kilometer nordwestlich des Dorfs Bramberg. Sie stammt aus dem 11. Jahrhundert und wurde im Jahr 1168 auf kaiserliche Anordnung geschleift. Trotz der Anordnung errichteten die Würzburger eine eigene Wehranlage auf dem Burgberg, die im Jahr 1525 tatsächlich von den Aufständischen beschädigt und danach aufgegeben wurde und verfiel.

Judenfrevel

Vor alten Zeiten begab es sich, dass ein Weib einem Juden eine große Summe Geldes schuldete. Da sie nicht zahlen konnte, sprach zu ihr der Hebräer, er wolle ihr die Schuld erlassen, aber sie solle ihm etwas von ihrer Milch geben, da sie gerade ein zu stillendes Kind hatte. Das Weib versprach dies zu tun. Als aber der Jude fort war, ward sie nachdenklich über sein Begehren, ging zum Stall und molk ein Mutterschwein. Von dessen Milch gab sie dem Juden, als er am anderen Morgen wiederkam. Da es nun Abend geworden war, ging der Jude mit noch einem Gesellen zum Galgen, hieß jenen die Leiter hinaufsteigen und die Milch in die Hirnschale eines Gehenkten eingießen und wohl umrütteln. Der Gefährte tat dies und der Jude fragte: »Was siehst du?« – »Nichts!«, antwortete jener. So fragte der Jude noch einmal und auch zum dritten Mal und da sagte der Geselle auf der Leiter: »Ich sehe eine große Herde Schweine!« – »Waih!«, schrie der Jude. »So hat mich betrogen das vermaledeite Weib. Es wird kommen ein Sterben unter den Schweinen und nicht unter den Christen.« Und als nun eine große Krankheit unter die Schweine kam, daran des Weibes Mutterschwein auch draufging, merkte diese den Frevel, machte Anzeige und es wurde nicht nur der Jude an den Galgen gehenkt, sondern auch alle anderen wurden aus der Stadt vertrieben.

Diese Sage ist ein Spiegel, wie Antisemitismus genährt wurde. Vom einfachen Aberglauben bis zum hinterhältigen Eigennutz – um eine Schuld nicht abtragen zu müssen, wird jemand verleumdet – ist in diesen wenigen Zeilen alles zusammengefasst.

Von einem Poltergeist

Zu Schwickershausen trug sich's zu, dass in der Woche vor Ostern im Jahr 1666 im Hause des Bauern Hans Kegel unter einem Bette etwas mehrmals klopfte. Als man nachsah, saß ein Kind darunter, das trug auf dem Haupte eine goldene Krone und bezeichnete sich als einen Engel, später aber als die Seele einer verstorbenen Frau. Viele Leute liefen hinzu und da verhieß es jedem, der ihm die Hand geben würde, einen Schatz von neunzigtausend Dukaten. Einige reichten die Hand hin, da fühlten sie, dass die des Kindes eiskalt war, und entsetzten sich. Bald darauf fing es im Haus an schrecklich zu rumoren und zu poltern. Mehrere Bauern gingen darauf nach Hellingen zum Pfarrer und sagten ihm, sie müssten aus dem Dorf ziehen, wenn der Spuk nicht gebannt würde. Der Pfarrer ging nach Schwickershausen und hielt den Bauern eine Predigt, darin er ihnen sagte, dass dieser Geldgeist kein guter, sondern ein böser Engel sei, der sie mit seiner Teufelshand von Gott weglocken wolle. Der Spukgeist kehrte sich nicht daran, sondern fuhr etliche Wochen in Kegels Haus mit seinem Klopfen unter dem Bett fort. Einmal rief er sogar in des Pfarrers Gegenwart: »Gebt mir ein Kind, so will ich weichen!« Doch gab ihm der Pfarrer eine abschlägige Antwort. Jemand brachte geweihte Kräuter und steckte sie unter das Bett. Da wurde das Toben nur noch schlimmer. Die Geistlichen wechselten sich mit Beten und Singen ab. Der Hellinger Pfarrer blieb vierzehn Tage über Nacht in Schickershausen. Endlich entwich der Geist. Er mochte wohl des langen Betens satt und überdrüssig gewesen sein.

Poltergeister sind ein weltweit verbreitetes Phänomen, mit dem sich auch Psychologie und Parapsychologie beschäftigen. Man sagt Poltergeistern nach, dass sie sich in Häusern und Gebäuden einnisten, durch unerklärliche Geschehnisse – nicht nur Poltern – bemerkbar machen und so Bewohner und Besucher schikanieren. Poltergeister sind nicht nur aus alten Sagen und Berichten bekannt. Berichte darüber kommen auch heutzutage immer wieder mal an die Öffentlichkeit. Wissenschaftliche Erklärungen für solche Phänomene gibt es noch nicht, sehr wohl aber zahlreiche offengelegte Betrugsfälle.

Die heilige Jungfrau schützt Münnerstadt

Im Jahre 1641, also im Dreißigjährigen Krieg, wurde Münnerstadt von den Schweden unter Anführung des weimarischen Generals Rosa hart bedrängt und belagert. Der Feind hatte auf dem Karlsberg seine Verschanzungen und begann von dort aus die Stadt zu beschießen. In dieser war die fromme Brüderschaft »Zum heiligen Rosenkranz«, die in der Bedrängnis heiße Gebete um Rettung zum Himmel sandte. Als nun die Kanonade vom Karlsberg herab am heftigsten wurde, offenbarte sich ein göttliches Wunder, denn die heilige Jungfrau erschien in ihrer Glorie, umschwebt von Engeln. Sie trug ein langes weißes Gewand und einen himmelblauen Mantel und fing die feindlichen Kugeln auf. Darüber waren die Schweden entsetzt, hoben die Belagerung auf und zogen von dannen. Zum Gedächtnis dieser wunderbaren Rettung feiert Münnerstadt jährlich ein Dankfest mit feierlichem Gottesdienst und einer Prozession, während welcher die Stadttore geschlossen bleiben. Am Marienaltar in der überaus schönen Pfarrkirche künden wohlklingende lateinische Distichen der Nachwelt dieses Ereignis.

Ungeschoren kam Münnerstadt im Dreißigjährigen Krieg nicht davon. Die Schweden eroberten bereits im Jahr 1631 die Stadt. Zehn Jahre später soll das Wunder, von dem die Sage berichtet, Münnerstadt vor großem Unheil bewahrt haben. 1652 kehrten die Augustiner zurück, bauten ihr Kloster wieder auf und übernahmen 1865 auch Pfarrei und Gymnasium.

Von der frommen Emhild

Eines der ältesten Klöster im ganzen Grabfeld war das Kloster Milz, gegründet von Emhild, einer frommen und reichen Dame, die fast ihr ganzes Erbteil auf den Klosterbau verwendete und auch wertvolle Reliquien ihrer Stiftung einverleibte. Emhild wurde im Jahre 783, also noch zu Lebzeiten Karls des Großen, Äbtissin. Später übergab sie dem Stift Fulda mit ansehnlichen Schenkungen ihr ganzes Kloster mit allen zweiundzwanzig Schwestern, Kelchen, Kruzifixen, Glocken, Ornaten, nebst den reichen Besitzungen im Lande. Behrungen gehörte dazu, das alte Baringe im Baringgau, Berkach bei Mellrichstadt, Themar, die Dörfer Eßfeld, Hellingen, Hendungen, Hochheim, Irmelshausen, Jüchsen, Römhild, Seidingstadt, Streudorf, Troststadt und viele andere Ortschaften, von denen zum Teil nichts mehr vorhanden ist als ihre inzwischen schon halb verklungenen Namen.

Emhild war eine Nichte Karls des Großen aus dem Grafengeschlecht der Hedene-Fürsten. Abschriften von Urkunden aus dem 8. Jahrhundert werden in der Abtei Fulda als Codex Eberhardi aufbewahrt. In einer am 25. März 784 ausgestellten Urkunde schenkt Äbtissin Emhild der Kirche und den Nonnen ihres Klosters ihr väterliches und mütterliches Erbgut. Sechsundzwanzig Jahre später wird mit einer anderen Urkunde vom 3. Februar 799 bestätigt, dass Äbtissin Emhild und zweiundzwanzig namentlich genannte Nonnen das Kloster Milz und dessen Besitz inklusive der Ausstattung der Kirche dem Kloster Fulda schenken. In einer dritten Urkunde, die wohl wenig später ausgestellt wurde, aber kein genaues Datum trägt, bestätigt Karl der Große diese Schenkung seiner Blutsverwandten.

Vom Mordhügel

Bei dem Dorfe Milz in Thüringen liegt ein ganz runder, spitzer Hügel. Darin soll noch ein goldener Degen bis zum heutigen Tag stecken. Wenn zur Nachtzeit noch ein Wanderer am Hügel vorübergeht, so erscheint ihm ein Reiter, dessen Pferd wie er selbst ohne Kopf ist. Der Wanderer eilt dann mit Grausen vorüber und erinnert sich an die schaurige Geschichte.

Es gab nämlich im Dreißigjährigen Krieg einen Hauptmann, der einen Bund mit dem Teufel geschlossen hatte. Für das Verschreiben seiner armen Seele bekam er von ihm einen goldenen Degen, der in den Gluten der Hölle gehärtet war. Nie konnte er überwältigt werden. Auch das größte Heer vermochte dies nicht, solange er nur den Degen in der Hand hatte. Einst ritt dieser Feldhauptmann auf den obigen Hügel, um die Gegend zu überschauen, da nahte sich ihm ein Heer feindlicher Reiter und umzingelte den Hügel. Sie machten sich hinauf und hieben sich lange Zeit mit ihm herum. Da schlug endlich einer mit einem glücklichen Streich des Pferdes Kopf ab. Das Pferd stürzte, der Hauptmann fiel herunter und im Fallen verlor er den Degen. Da sprang der, welcher dem Pferd den Kopf abgeschlagen hatte, schnell hinzu und trennte mit einem zweiten Hieb auch den Kopf des Hauptmanns vom Leib. Darauf nahmen sie ihm Geld und Kleinodien, die er nebst vielen kostbaren Edelsteinen bei sich trug, und begruben ihn endlich auf diesem Hügel. Den Degen aber steckten sie mit der Spitze auf den toten Reiter, als er auf seinem Ross in der Grube lag, bevor sie das Grab mit Erde füllten, denn keiner wollte einen Degen, der vom Teufel stammte, behalten. Daher wird heute der Hügel noch der Mordhügel genannt und von ihm erzählt die Sage mit dem Reiter ohne Kopf.

Im Merzelbach bei Milz liegt eines der größten Hügelgräberfelder Deutschlands. Das Gräberfeld hatte einige Bedeutung, denn es erfolgten darauf Nachbestattungen. Mag sein, dass im 17. Jahrhundert, in dem die Bedeutung dieser Hügelgräber nicht mehr bekannt war, die Sage um den Hauptmann mit dem Teufelsdegen entstand.

Vom wütenden Heer

Alte Leute erzählen manchmal noch vom wütenden Heer und vom wilden Jäger, wie sie über Neubrunn und seine Berge und Täler gezogen sind. Meistens im Herbst, wenn recht finstere und schaurige Nächte waren. Die jungen Leute wollen aber nicht mehr daran glauben. Sie lachen über das, was die Alten gesehen und gehört haben wollen. Sagen die Alten: »Jetzt zieht das wütende Herr!«, so antworten die Jungen: »Der Wind heult und pfeift oder es kann sein, dass Schneegänse oder Kraniche schreien.«

Die alten Leute erzählen, dass das wütende Heer in Neubrunn immer durch drei Häuser zog. Das kam daher, weil in den Häusern drei Türen gerade hintereinander waren, nämlich vorne die Haustür, in der Mitte die Küchentür und hinten hinaus eine weitere Tür. Alle gingen in gerader Richtung und wo diese drei Türen sich bei einem Haus in gerader Richtung befinden, da zieht, man mag wollen oder nicht, das wütende Heer durch.

Die Alten sagen aber auch, wenn man sich gerade auf dem Hofe aufhalte, während das wütende Heer zöge, so müsste man seinen Kopf zwischen die Speichen eines Wagenrades stecken, dann könnte es einem nichts tun und es müsste vorbeiziehen, sonst drehte es einem den Hals um.

So hört man auch in Maßfeld noch von alten Leuten, das wütende Heer sei den Zinkenstill – ein Teil des Waldes Still – herab über die Kreuzstraße bei der Reumeserbrücke, wo es überhaupt nicht geheuer sein soll, dann über die Berge nach Dreißigacker gezogen. Viele wollen es gesehen haben und bekräftigen es mit allen Eidschwüren.

Das wütende Heer (auch Wilde Jagd oder das Wilde Heer) ist als Volksmythos weithin in Mittel- und Nordeuropa in verschiedenen regionalen Ausprägungen bekannt. In Skandinavien spricht man von der »Fahrt nach Asgard«. Sie ist eng mit der Julzeit verbunden. In Großbritannien nennt man es »The Wild Hunt«, in Frankreich unter anderem »Chasse fantastique«, in der Schweiz »das Wüetisheer«. Besonders in der Zeit zwischen Weihnachten und dem Dreikönigstag und in der Fastnachtszeit soll der Geisterzug mit Gerassel, Schreien, Johlen, Heulen, Ächzen und Stöhnen durch die Lüfte ziehen.

Vom Wallfahrerpfad, dem Heiligen Kreuz, dem Himmelsfleck, dem Weihersbrunnen und dem Weihersgrund

Hinter Neubrunn mitternachtwärts läuft neben einem kleinen Seitental ein Pfad den Bergwald hinauf auf den Klauerberg. Diesen Pfad nennt man den Wallfahrerpfad. Auf ihm sind in uralten Zeiten die Wallfahrer aus dem Grabfeld nach Grimmenthal oder Spital Wall gegangen. Wer heute noch von Neubrunn nach Grimmenthal geht, muss diesen Weg nehmen. Das Seitental nebendran, an welchem der Pfad ein Stück hinläuft, hat auch von derselben Zeit seinen Namen. Man nennt es den Weihersgrund. Ein Stück weiter unten – wenn man von Neubrunn auf der Chaussee nach Meinigen geht, rechts – wird das Feld das Heilige Kreuz genannt. Da soll vor alten Zeiten ein steinernes Kreuz gestanden haben, unter dem die Wallleute ihre Andacht verrichteten. Jetzt steht es aber nicht mehr. Noch ein Stück weiter unten – von der Chaussee nach Meiningen aus, links – heißt man es das Himmelsfleck. Hier haben die Wallfahrer gelagert, um auszuruhen. Alle diese Orte sind nicht weit unter dem Dorf. Wenn die Wallfahrer nun gewallfahrt hatten – welches gewöhnlich in der heißen Sommerszeit geschah – und im Himmelsfleck ausruhten, hatten sie manchmal starken Durst. Daher gingen sie rechts über das Feld hinüber hinter das Dorf, wo aus dem Sannertsrange, unten bei den Wiesen, ein klarer, frischer und kühler Brunn entspringt, und tranken das helle Bergwasser. Daher heißt die Quelle heute noch der Weihersbrunnen. Alte Leute geben den Orten und Gegenden die Namen noch und erzählen von den Wallfahrern, doch sieht man jetzt keine mehr den Wallfahrerpfad hinaufziehen. Die Zeit hat sich geändert.

Ein wundertätiges Marienbild sorgte in Grimmenthal für die Einweihung einer Wallfahrtskapelle. Als Wallfahrtsort verlor er aber seine Bedeutung bereits mit der Reformation. Diese Sage zeigt gut, wie Orts-, Weg- und Gebietsbezeichnungen im Volksmund ihren Namen bekamen.

Die armen Sünder

Nach dem Bauernaufruhr erging über die rebellischen Bauern, welche gefangen waren, ein furchtbares Strafgericht, fast in allen hennebergischen Orten. Viele wurden zu Dreißigacker oder zu Maßfeld hingerichtet. Im Dorf Sulzfeld blieben von der gesamten Bauernschaft nur zwei Männer am Leben. Als diese beiden zur Richtstatt geführt wurden, sah man den einen weinen und den anderen lachen. Beide waren Ziegelbrenner. Als man den Weinenden nach der Ursache fragte, weshalb er weine, sagte dieser: »Nicht um meinen Tod weine ich, sondern um die Gebäude der hohen Herrschaft, die ich allzeit und dauerhaft mit guten Ziegeln versehen habe. Keiner wird sie wieder so gut versorgen.« Darauf wurde ihm das Leben geschenkt. Nun befragte man den anderen, der ein kleiner, dicker Mann war, warum er denn lache. Der antwortete keck: »Ich finde es lustig, dass mir der Kopf abgeschlagen werden soll. Wo soll ich denn hernach meinen Hut hinsetzen?« Mit diesen Possen hat auch er Gnade erlangt.

Im Mai 1525 wurde während des Bauernkrieges bei einer Schlacht nahe Dreißigacker das Bauernheer »Bildhäuser Haufen« vernichtend geschlagen. Man ging mit den gefangenen Bauern nicht zimperlich um. Die meisten wurden hingerichtet, wenige zu milderen Strafen verurteilt.

Schlitzöhrchen

Eine Strecke durch das nördliche Franken fließt ein schmales Wasser, die Streu. Von diesem hat der Streugrund seinen Namen. Er erstreckt sich von der Quelle bei Mälbers über Fladungen, Ostheim und Mellrichstadt bis nach Heustreu, wo die Streu in die fränkische Saale fließt. In diesem Fluss wohnt ein neckischer und boshafter Wassergeist, genannt Schlitzöhrchen, weil er geschlitzte Ohren hat. Dieser Nix treibt sein Wesen vornehmlich unter Mellrichstadt nach Oberstreu zu. Wer dort zu einer bestimmten Zeit über die Streu geht, hat zu gewärtigen, dass Schlitzöhrchen herauffährt und ihn ins Wasser zieht, tüchtig untertaucht oder gar ersäuft. Das ist nach alter Auslage schon manchem widerfahren.

Der Name Streu wurde im 8. Jahrhundert Steuue, im 11. Jahrhundert Strouua geschrieben. Wassergeister werden zu den sogenannten Elementargeistern gerechnet, wobei sowohl die männlichen als auch die weiblichen Nixen mal eine mehr oder weniger unrühmliche Rolle spielen.

Würzburg und Umgebung

Die große Pest im Maingrund

Es war um das Jahr 1356, da wütete in ganz Franken die große Pest, der Schwarze Tod, den man auch den Würgeengel nannte. Besonders heftig zeigte sich diese furchtbare Krankheit in vielen Ortschaften am Main, wo sie zahlreiche Opfer jeden Alters und Geschlechts unter allen Ständen hinwegraffte. So sollen im Dorf Hasloch nur noch drei Menschen am Leben geblieben sein, die sich mainaufwärts flüchteten und das jetzige Dorf Bestenheid bei Wertheim gründeten. Desgleichen sollen in Eichel, einem anderen Ort, nur sieben Männer verschont worden sein, die sich dann abends versammelten, sich zur Abwehr trübseliger Erinnerungen die Zeit mit Mühlespielen vertrieben und dieses Spiel zum Angedenken auch in einen Stein hauen ließen, welcher noch heutzutage gezeigt wird. In Kreuzwertheim starb die Bevölkerung bis auf acht Personen, welche die Güter der Verstorbenen unter sich verteilten und also zu großem Reichtum gelangten. Diese behielten von selbiger Zeit an zur Erinnerung an die überstandene schwere Not den Brauch, alljährlich in den Wald zu ziehen, um einen Baum zu tanzen, anschließend den Baum zu fällen. Der Baum wurde verkauft und von dem erlösten Geld leistete man sich einige Vergnügungen.

Pestepidemien im Mittelalter stand die Bevölkerung meist hilflos gegenüber. Ortschaften wurden völlig ausgelöscht oder die Bevölkerung weitgehend dezimiert. Deshalb findet sich die Pest in Sagen überall, auch in Franken, und war selbst nach Jahrhunderten noch nicht vergessen.

Gemündens Name und früheste Herren

Beim Städtchen Gemünden fließt die Sinn in die Fränkische Saale und diese wenig weiter in den Main. Daraus ist Gemündens Name entstanden, wie sich Ähnliches in deutschen Landen vielfach wiederholt. Deshalb nennt man die Stadt zum Unterschied auch Fränkisch-Gemünden. Frühzeitig werden an diesem günstigen Punkt Ansiedelungen stattgefunden haben. Als älteste urkundliche Besitzer finden sich die Grafen von Rieneck, die im Waldsachsengau, wozu Gemünden gehörte, sehr begütert waren. Über der Stadt hatten sie eine Burg, die Slobe oder Slorburg hieß. In späteren Zeiten erblühte aus Vasallen der Grafen von Rieneck das an Besitzungen reiche Geschlecht der Voite von Rieneck, das sich zur Grafen- und Bischofswürde erhob. Die Mauern der alten Burgtrümmer zogen sich den Berg herab bis zum Mühltor und zum Main. Die Häuser der Vorstadt wurden dadurch von der übrigen Stadt abgeschieden.

Man nennt Gemünden auch die fränkische Dreiflüssestadt. Im Norden von Gemünden liegt die Rhön, im Osten das fränkische Weinland, im Süden Würzburg und im Westen der Spessart. Der Name stammt von dem althochdeutschen Wort »gimundi« (Flussmündung) ab. Die amtliche Bezeichnung heute ist »Gemünden am Main«. Urkundliche Erwähnung fand der Ort erstmalig im Jahr 1243. Seit 1469 gehört die Stadt zum Hochstift Würzburg.

Seifriedsburg

Ein Hirtenjunge, Fritz, von seinen Genossen nur der Sau-Fritz genannt, weil er die Schweine hütete, trieb einst seine Herde in das klare Wasser der Saale. Da fand er einen Stein, womit er sich rieb und der ihn fest gegen Hieb und Stich machte. Nun, da er unverwundbar war, wechselte er das Handwerk und zog in den Krieg. Darin erwarb er durch Tapferkeit und Mut Rang und Reichtum. Der Herr des Gaus erteilte ihm sogar die Erlaubnis, sich eine Burg zu bauen. Dies tat er in seiner Heimat, nahe bei seinem Geburtsort, auf einem Berg. Burg und Dorf wurden dann nach seinem Jugendspitznamen Säufritzburg benannt, woraus mit der Zeit und durch Änderung der Schreibweise Seifriedsburg wurde.

Lange stand die Burg, als einst ein schweres Unwetter heranzog, als das Burggesinde gerade beim Heuen war. Alle eilten nach Hause, eine kecke Magd aber blieb und rief: »Ei, es mag donnern oder blitzen, so muss ich meinen Heuhaufen spitzen!«

Kurz darauf schlug ein Blitzstrahl aus den Wolken, der die Magd niederschlug und die Burg in Brand setzte. Das Wetter riss das Heu auf der ganzen Wiese vom Berg ins Tal hinab. Seitdem ist Seidfriedsburg ein Trümmerhaufen, doch das Dorf führt den Namen fort.

Seifriedsburg gehört heute zu Gemünden am Main und liegt an der Staatsstraße 2434 zwischen Schönau und Aschenroth. Eine Variante der Sage erzählt davon, dass der Hirtenjunge einen Lindwurm tötete und durch das Bad im blutigen Wasser unverwundbar wurde. Dadurch konnte er den Krieg mit großer Tapferkeit bestehen.

Die Kunigundenkapelle in Burgerroth

Einst gelobte die Kaiserin Kunigunde den Bau von drei Kapellen. Die Wahl des Bauplatzes überließ sie der göttlichen Fügung. Vom Bamberger Schloss warf sie drei Schleier in den Wind. Dort, wo die Schleier niederfallen würden, sollte eine Kapelle erbaut werden. Ein Schleier blieb in der großen Linde auf dem Altenberg bei Burgerroth hängen.

Die Bürger von Buch waren neidisch, weil sie auch eine Pfarrkirche wollten. In einer Nacht schafften sie die Steine für den Bau der Kapelle nach Buch. Am nächsten Morgen waren die Steine aber verschwunden. Auch ein Zimmermann, der auf den Steinen geschlafen hatte, um sie zu bewachen, war weg. Man fand Steine samt Zimmermann auf dem Altenberg wieder. Die Kapelle wurde errichtet und steht heute noch.

Etwa 150 Meter südöstlich der Kapelle liegt der sogenannte Kunigundenstein. Der Muschelkalkstein hat eine Vertiefung, die als Knie- und Fußabdrücke der heiligen Kunigunde gedeutet werden. Sie soll sich einst zum Gebet dort niedergekniet haben.

Die Kunigundenkapelle ist ein spätromanisches Bauwerk aus der Blütezeit der Hohenstaufer. Sie wurde um 1230 errichtet, also lange nach dem Tod von Kaiserin Kunigunde. Nach diversen Umbauten im Laufe der Jahrhunderte hat man Anfang der 1960er-Jahre bei einer Restaurierung den spätromanischen Charakter der Kapelle wiederhergestellt.

Wie Ochsenfurt sein Wappen erhielt

Als einst ein vornehmer Herr in Ochsenfurt einfuhr, stand am Tor ein Ochs, der gerade seinen Kot fallen ließ. Hierüber erzürnt, ließ der Herr das Tier der Breite nach mitten entzweihauen und veranlasste dadurch, dass die Vorderhälfte eines Ochsen das Wappen der Stadt wurde.

Das Stadtwappen von Ochsenfurt zeigt einen Ochsen, der durch das Tor der roten Burg kommt. Dementsprechend sieht man nur die vordere Hälfte des Ochsen. Die Sage stellt darüber eine gewagte Theorie auf. Wahrscheinlicher ist, dass Ochsen als Zugtiere für die Überquerung einer Furt – hier am Main – nützlich waren.

Die geopferte Wachskerze

Ein Bauer ging nachts von Würzburg gegen Veitshöchheim heim. Da sah er oben in den Weinbergen am Wege Licht und einen Geist, welcher hin und her schwebte. Nachdem er ihn angeredet, bat der Geist den Bauern, er möge für ihn im Würzburger Dom auf der Epistelseite des Hochaltars eine Wachskerze opfern, sie dort abbrennen lassen und warten, bis ihre Flamme dreimal in die Höhe schieße und dadurch seine Erlösung anzeige. Gleich in den nächsten Tagen erfüllte der Bauer diese Bitte, sah die Flamme der Kerze dreimal emporfahren und freute sich, dem Geist die ewige Ruhe verschafft zu haben.

Lokale Geister- oder Gespenstererscheinungen haben häufig mit unerlösten Seelen zu tun, die an den Ort ihres Erscheinens gebunden sind. Naturwissenschaftliche Erklärungen und Belege für Geistererscheinungen gibt es nicht. Trotzdem ist diese Art Geschichten bis heute beliebt.

Das Cyriakus-Panier zu Würzburg

Nach dem Tod des Bischofs Iring von Reinstein im Januar 1266 hatte das Domkapitel die neue Bischofswahl vorgenommen. Es waren aber auf die Grafen Konrad von Trimberg und Berthold von Henneberg gleiche Wahlstimmen gefallen und beide bemühten sich eifrigst, in den Besitz des fränkischen Herzoghutes zu gelangen. Während Konrad nach Rom gereist war, bestürmte Berthold das Domkapitel, ihn als Bischof anzuerkennen. Dieses wies jedoch seine Anträge zurück und ernannte einstweilen den Domdechant Berthold von Sternberg zum Stiftspfleger. Zornentbrannt verließ der Henneberger die Stadt, um bald mit einem mächtigen Heer wiederzukommen. Unterdessen traf auch der Stiftspfleger gute Vorkehrungen, dem Angriff des Feindes Widerstand zu leisten. Bald zog die Schar der Würzburger ins Feld. Eine große, mit dem Bild des heiligen Kilian geschmückte und im Dom geweihte Standarte wurde vorangetragen. Es war am 8. August, dem Cyriakustag, als die Würzburger den an Zahl weit überlegenen, sorglos gelagerten Feind bei Kitzingen angriffen. Nach heißem Kampf wurden die Henneberger geschlagen. In wilder Flucht stürzten sie über den Main, der sich vom Blut der Erschlagenen rötete. Darauf zog der Stiftspfleger im Triumph in Würzburg ein und ließ die geweihte Standarte als Siegeszeichen im Dom aufhängen. Alljährlich wurde zum Andenken die Cyriakusprozession gefeiert. Das Cyriakus-Panier aber wird noch heute in der Sammlung des historischen Vereins bewahrt.

Die in dieser Sage beschriebene Auseinandersetzung um den Würzburger Bischofsstuhl ist in der historischen Geschichte etwas komplizierter. Die Wahl ging keineswegs mit einem Patt aus, sondern zugunsten Berthold von Sternbergs. Poppo III. (Konrad) von Trimberg strengte jedoch einen Prozess beim Mainzer Erzbischof an und auch Papst Clemens IV. wurde angerufen. Vor der endgültigen Klärung starb Poppo von Trimberg allerdings. Dass der Domherr Berthold I. von Henneberg tatsächlich nach dem Tod Poppos die Amtsgewalt übernommen hatte, ist urkundlich belegt. Berthold II. von Sternberg verlangte die Absetzung und als diesem Verlangen nicht nachgekommen wurde, kam es zu der in der Sage erwähnten Schlacht. Auch danach gab von Sternberg keine Ruhe und erreichte schließlich, dass zwar Berthold von Henneberg den Titel des Bischofs weiter führen durfte, die Amtsausübung aber ihm oblag. Berthold I. von Sternberg ist ab 1307 als Mainzer Weihbischof belegt.

Der heilige Makarius zu Würzburg

Makarius, ein Mönch aus dem Schottenkloster zu Regensburg, später Abt des Schottenklosters St. Jakob in Würzburg, war noch nicht lange in Würzburg, als der Ruf seiner Heiligkeit sich verbreitete. Eines Tages kam er in Geschäften zum Bischof Embrico, der ihn freundlich empfing und nach Landesgebrauch mit einem guten Trunk Wein willkommen hieß. Makarius, fest entschlossen, seine strenge Lebensart und Absage vom Wein zu halten, entschuldigte sich mit den Worten: »Mein Vater, ich trink keinen Wein.« Der Bischof antwortete: »Ich befehle dir, aus heiligem Gehorsam, bitte dich aber auch, dass du zu Ehren des heiligen Märtyrers Kilian mit mir einen kleinen Schluck von diesem Wein kostest.«

So stand Makarius nun zwischen zwei Tugenden, dem Gehorsam zum Bischof und der Fastenregel, und wusste nicht, welcher er folgen sollte. Dann griff er den Becher und kostete ein wenig. Dann sprach er zum Bischof: »Hochwürdiger Vater. Ihr werdet aus gleicher Liebe Euch gefallen lassen, mir aus diesem Becher Bescheid zu tun.« Embrico nahm den Becher von Makarius an, kostete daraus und merkte, dass es Wasser war. Verwundert über die Maßen rief er seinen Mundschenk mit dem Verweis, warum dem Mönch Makarius Wasser eingeschenkt worden wäre, da er doch befohlen hatte, ihm von dem guten Kiliani-Wein zu bringen. Der Mundschenk beteuerte, dass er von dem besten Wein im ganzen bischöflichen Keller gebracht habe. Hierauf hatte der Bischof selbst allen Anwesenden den Becher herumgetragen und jedem das aus Wein gewordene Wasser zu verkosten gegeben.

Bald wurde das Wunder in der Stadt bekannt, zu jedermanns Erstaunen. Die Glocken wurden geläutet und Makarius als ein frommer Diener Gottes von Bischof, Hohen und Niedrigen durch das ganze Land geehrt und gepriesen.

Der irische Mönch Makarius (vor 1100–6.1.1153) war Benediktiner und der erste Abt im Schottenkloster Würzburg. Er gilt neben dem heiligen Kilian als Patron von Würzburg. Der Bischof Embrico gründete 1139 das Schottenkloster, das bis 183 bestand und dann im Zuge der Säkularisation aufgelöst wurde. Der Frankenwein aus Würzburg ist heute noch so gut, dass Sie ihn besser nicht mit Wasser mischen sollten.

Das Juliusspital unter höherer Obhut

Jedes Jahr in einer heiligen Nacht kommt der selige Bischof Julius in das große Spital, welches er zu Würzburg gestiftet hat, und erteilt ihm seinen Segen. Bei seiner Ankunft tun sich die Torflügel von selbst auf.

Als einst die Spitalvorsteher eine üble Wirtschaft führten, fanden sie zwei Morgen nacheinander in ihrem Zimmer eine frischgeschriebene Weisung des längst verstorbenen Stifters, wie die Verwaltung geschehen solle. Da sie einen Betrug vermuteten, ließen sie in der nächsten Nacht die zwölf ältesten Männer des Spitals in dem Zimmer wachen. Auf einmal trat der selige Bischof Julius herein, schrieb etwas nieder und entfernte sich dann. Am Morgen meldeten die Männer den Vorstehern die Erscheinung und übergaben ihnen das Geschriebene, welches nochmals die vorige Weisung enthielt. Darauf suchten die Vorsteher ihren Fehler wiedergutzumachen und ihr Amt nach Pflicht und Gewissen zu verwalten.

Wenn die Leute im Spital weniger als das vorgeschriebene Essen erhalten, so lärmt es nachts in der Küche, wie wenn die Kessel und Häfen durcheinandergeworfen würden.

Der Würzburger Fürstbischof Julius Echter von Mespelbrunn (18.3.1545–13.9.1617) gründete die Stiftung Juliusspital Würzburg mit Mitteln aus seinem Privatvermögen. Kernstück ist das Juliusspital. Kranke, Arme, Waisen und Pilger sollten Aufnahme finden. Zur Stiftung gehören auch Land und Waldbesitz sowie ein Weingut.

Des Minnesängers Vermächtnis

»Walther von der Vogelweide
Nennt mich alten Mann die Welt,
Und ein Weideplatz, wann ich scheide,
Sei den Vögelein bestellt.

Meinen Leichnam zu bedecken,
Wählet einen flachen Stein,
Und vier Höhlen an den Ecken
Meißelt tief und sauber ein.

Füllet täglich diesen Becher
Mit des Baches reiner Flut
Für die höchst bescheidnen Zecher,
Denen Wasser Gnüge tut.

Und auf meines Grabsteins Mitte
Streut zugleich des Weizens Frucht,
Dass die Schar zu Gast sich bitte,
Die oft mühvoll Nahrung sucht.«

Als der gute Minnesänger
Sein Vermächtnis so gemacht,
Stundet ihm der Tod nicht länger
Seinen Gang ins Reich der Nacht.

Und in Würzburg, an dem Orte,
Wo er hauste lange Zeit,
Ward ihm vor des Münsters Pforte
Seine Ruhestatt geweiht.

Ihre grünen Arme streckten
Hohe Linden drüber hin
Und die Vögelein entdeckten
Bald den reichen Fruchtgewinn.

Freudig flogen sie hernieder,
Labten sich mit Speis' und Trank,
Schwirrten auf die Bäume wieder,
Sangen dort dem Geber Dank.

Doch erlebte dies Vermächtnis
Leider nur ein nahes Jahr,
Ob's zu ewigem Gedächtnis
Gleich unlängst gestiftet war.

Denn der Chorherrn böses Geizen
Unterbrach der Spende Lauf,
Und sie sammelten den Weizen
Für sich selbst zu Kuchen auf.

Auch das Wasser ließ man fehlen,
Das behielten Quell und Bach,
Jene weingewohnten Kehlen
Sehnten nimmer sich danach.

August Friedrich Ernst Langbein

Der Minnesänger Walther von der Vogelweide (um 1170–um 1230) ist möglicherweise in Würzburg gestorben. Dazu gibt es Angaben aus dem 14. Jahrhundert (her walter uon der uogelweide. begraben ze wirzeburg. zv dem Nuwemunster in dem grasehoue). Als eindeutiger Beleg wird dies aber von einigen Forschern angezweifelt. Im Neumünster-Kreuzgang, im sogenannten Lusamgärtlein, steht seit 1930 ein Denkmal, das vier Mulden enthält, für Körner und Wasser. August Friedrich Ernst Langbein (6.9.1757–2.1.1835), der die Legende um das Grab Walther von der Vogelweides in Verse fasste, war ein deutscher Dichter, der zu seiner Zeit viel gelesen wurde, heute jedoch weitgehend vergessen ist.

Das Kreuz im Neumünster

In der Kirche zum Neumünster in Würzburg gibt es ein altes Kreuzbild, von dem die Sage erzählt: Als die Schweden in Würzburg hausten, stieg ein Soldat zur Nachtzeit in die Gruft der Neumünsterkirche hinab, in der Absicht, sich des goldenen Kreuzbildes zu bemächtigen, das seine Habgier gereizt hatte. Doch als er die räuberische Hand danach ausstreckte, umschloss ihn das Bild des Gekreuzigten mit beiden Armen und ließ ihn nicht mehr von der Stelle weichen, so viel er auch fluchte und lästerte und sich mit Gewalt davon losmachen wollte. So blieb er gefesselt hängen bis zur frühen Morgenstunde. Da nahte ein

Priester, hörte das Wehklagen des Frevlers und bewirkte durch sein Gebet die Befreiung desselben. Das Kreuzbild aber wird bis auf diese Stunde im Neumünster aufbewahrt.

Der prächtige barocke Bau des heutigen Stifts Neumünster hat wenig mit der Kirche zu tun, die Bischof Megingaud von Würzburg Mitte des 8. Jahrhunderts an dieser Stelle errichten ließ. Des Bischofs Sarg befindet sich heute in der Krypta des Neumünsters. Das Stift Neumünster wurde im 11. Jahrhundert durch den Bischof Adalbero von Würzburg gegründet und dem Evangelisten Johannes geweiht. Ende des 17. Jahrhunderts wurde die Kirche des Stifts völlig umgestaltet, kam im Zuge der Säkularisierung (1803) in Staatsbesitz und diente eine Zeit lang auch als Munitionsdepot. Im Zweiten Weltkrieg wurde die Kirche beim Bombenangriff auf Würzburg am 16. März 1945 schwer beschädigt. Auch die Frankenapostelbüsten Tilman Riemenschneiders wurden dabei vernichtet. Nach dem Krieg wurde die Neumünsterkirche wieder neu aufgebaut. An der Rückseite befindet sich das Lusamgärtlein mit dem Grab Walther von der Vogelweides.

Der Graben-Reiter

Die Nacht ist dunkel und stürmisch, schwarz verhangen von drückenden Wolken der Himmel. Nur manchmal zeigt sich der Mond für einen Augenblick, wenn er durch eine Lücke späht, und wirft seinen blassen Schimmer auf die Straßen der Stadt, die sonst im tiefen Dunkel liegen. Durch das Toben des Sturms dringen vom Turm der Kirche zu Stift-Haug tiefe Schläge, die die Mitternachtsstunde ankündigen. Kaum ist der letzte Glockenschlag verklungen, erscheint ein Reiter auf schwarzem Ross, als wäre er aus dem Boden gewachsen. Ruhig und gemessenen Schrittes trabt das Ross mit seinem Reiter vorwärts, hinauf gegen die Kirche zu Stift-Haug, die sich als dunklere Masse vom nächtlichen Himmel abhebt. Doch trotz Wind und Sturm regt sich keine Falte des Mantels, den der Reiter trägt, keine Feder an seinem Haupte, das der Reiter unter dem Arm trägt, bewegt sich. Allmählich verklingt der Tritt des Rosses, wird schwächer und entfernt sich. Am Ende der riesigen Bäume biegt der Reiter in eine andere Straße ein, folgt dem Gang des alten Wallgrabens der Stadt und verschwindet in der Nacht so lautlos, wie er erschienen ist. Wer der unheimliche Reiter ist, wo sein allabendlicher Ritt endet und was er auf seinem mitternächtlichen Ritt sucht – das verschweigt die Sage.

Die Entstehung der Würzburger Stadtmauer kann bis ins frühe Mittelalter zurückdatiert werden. Sie ist für das Jahr 1057 erstmalig urkundlich nachgewiesen, entstand aber vermutlich schon früher als Schutz gegen den Einbruch der Ungarn in den mainfränkischen Bereich (um 900). Einige Teile sind im Stadtbild heute noch zu finden.

Der Walfisch zu Würzburg

In der guten alten Zeit unserer Ahnen war die Sanges- und Dichtkunst nicht so unbeachtet beim Volk wie in der gegenwärtigen Zeit, in der man Dichter im Elend zugrunde gehen lässt. Damals zogen die Meistersänger und fahrenden Schüler im Land herum. Sie brauchten nirgends eine Passkarte vorzuweisen, stimmten ihre Lieder an und wo sie vorsprachen, waren sie willkommen und wurden aufs Beste bewirtet und verpflegt.

Damals stand in Würzburg in der Bankgasse ein Haus, worin jetzt eine Bierwirtschaft ist. In diesem Haus sprach in jenen Zeiten einmal ein fahrender Schüler vor und wurde sehr herzlich aufgenommen. Dem Hausherrn gefiel besonders ein Lied vom Propheten Jonas im Walfischbauch so gut, dass es der fahrende Schüler nicht oft genug singen konnte. Unersättlich in seinem Verlangen, das Jonaslied zu hören, musste der fahrende Schüler dem Wirt versprechen, drei Tage lang in seinem Haus zu bleiben. Als der dritte Tag zu Ende war, veranstaltete der Hausherr seinem teuren Sängergast einen Abschiedsschmaus und lud alle seine Freunde dazu ein. Der fahrende Schüler sang beim Weggehen, er komme sich selber nach drei Tagen wie der Prophet Jonas aus dem Walfischbauch vor. Von dieser Zeit an nannte man dies Haus den Walfisch und so wird es noch jetzt vom Volk geheißen.

Das Haus ist im Laufe der Jahrhunderte längst verschwunden. Geschrieben wurde es damals das Wallfischhaus, möglicherweise nach dem im Main damals noch häufig anzutreffenden Waller, heute bekannter als Flusswels. Im vergangenen Jahrhundert griff ein Gastwirt diesen Namen wieder auf, ließ aber ein »l« im Namen verschwinden. Heute kann man in Würzburg noch ein Hotel mit diesem Namen finden.

Die Turmdächer der Burkarduskirche zu Würzburg

Als die zwei Türme der Burkardskirche zu Würzburg mit Schiefer bedeckt werden sollten, stand der Baumeister mit seinem Töchterlein unten, den Bau betrachtend. Da fiel ein Schieferstein herab, traf und verwundete die Tochter des Baumeisters. Da schwor dieser, dass dies der letzte Schieferstein gewesen sein solle, der vom Turm gefallen sei. Er ließ nun die beiden Türme ganz bis an die Spitze von gehauenen Steinen ausführen und noch heute fällt vom Burkarder Kirchenturm kein Ziegelstein herab.

Die Kirche St. Burkard ist die älteste Kirche Würzburgs, benannt nach dem heiligen Burkard, der 742 von Bonifatius zum ersten Würzburger Bischof geweiht wurde.

Der Baumeister des Doms zu Würzburg

Der Baumeister des Würzburger Doms vollendete seinen Tempelbau, wie so viele andere Baumeister, mithilfe des Teufels. Um sich zu verewigen, hat er im rechten Seitenschiff des Doms in stolzem Hochmut sich selbst nebst seiner Ehefrau im Bett an der Decke abgebildet. Als er damit fertig war, verrenkte er sich beim Herabsteigen einen Fuß. Er verfluchte deshalb seine Skulptur. Dafür holte ihn der Teufel. Die Abbildung des Baumeisters nebst seiner Frau im Ehebett ist noch vorhanden, kann aber nur an Sonn- und Feiertagen um halb elf Uhr vormittags wahrgenommen werden, wenn die Sonne das Bild in der Ecke bescheint.

Fast bei jedem Dom soll der Teufel seine Finger im Spiel gehabt haben, beim Dom in Köln, beim Dom in Aachen, beim Straßburger Münster und selbstverständlich auch beim Würzburger Dom. Was wäre ein Dom ohne den Teufel?

Der Schornsteinfeger am Fischmarkt

Auf einem Schornstein des Fischmarktes zu Würzburg war früher ein Schornsteinfeger aufgemalt. Die Sage erzählt dazu: Nach der verlorenen Schlacht bei Nördlingen rief der schwedische Heerführer, welcher damals in Würzburg lag, seine Leute auf dem Fischmarkt zusammen. Er verkündete in schwedischer Sprache, damit es die Würzburger nicht verstanden, was bei Nördlingen vorgefallen war und dass man sich schleunigst aus Würzburg zurückziehen müsse, zuvor aber die Stadt noch einmal ordentlich plündern wolle. Diese Rede hörte auch ein Schornsteinfeger vom Dach eines nahe liegenden Hauses. Da er als wandernder Handwerksbursche auch eine Zeit lang in Schweden unterwegs gewesen war, konnte er alles verstehen und unterrichtete die Würzburger sogleich von der drohenden

Gefahr. Der Magistrat traf schnell geeignete Maßnahmen und so mussten die Schweden diesmal mit leeren Säcken aus Würzburg ziehen. Zum Angedenken dieser Begebenheit wurde ein Schornsteinfeger auf den Schornstein eines Hauses am Fischmarkt gemalt.

Der ehemalige Fischmarkt, auf dem von 1598 bis zum Jahr 1969 Main- und Seefische gekauft werden konnten, ist auf dem Platz um den Fischerbrunnen in der Karmelitenstraße zu finden. Einmal im Jahr veranstaltet die Würzburger Fischerzunft seit 1975 den »Traditionellen Würzburger Fischmarkt«, der entweder am alten Fischmarkt oder am Vierröhrenbrunnen stattfindet. Das Zunfthaus der Fischerzunft mit dem historischen Zunftsaal ist in der Saalgasse 6 zu finden. Im Jahr 2010 wurde anlässlich des 1000-jährigen Bestehens der Platz an der Zobelsäule in der Zeller Straße in »Platz der Fischerzunft« umbenannt.

Wunderbare Beschützung des »Käppele« bei Würzburg

Der im Jahre 1835 verstorbene Kapuziner-Superior P. Johann Nepomuk Keilbert, welcher im Jahre 1800 das »Käppele« während der Beschießung der Festung durch die Franzosen von diesem Berg aus nicht verließ, erzählte oft mit weinenden Augen, welche Angst und Sorge er damals um die gefährdete schöne Kirche ausgestanden habe. Insbesondere bemerkte er, es habe ihm der Offizier, welcher das dort aufgestellte feindliche Pikett befehligte, ein fein gebildeter junger Holländer, mehrmals erzählt, wie er eine Frau gesehen, welche mit einem weißen Schleier die Kugeln aufgefangen habe.

Das »Käppele« ist der volkstümliche Name der Wallfahrtskirche Mariä Heimsuchung in Würzburg. Sie wurde erst 1748 bis 1750 nach Plänen von Balthasar Neumann, dem Baumeister der Würzburger Residenz, errichtet. Sie stand noch nicht lange, als die Vorfälle, von denen diese Sage berichtet, stattfanden. Die Sorge um dieses schöne Bauwerk, die aus der Erzählung herausklingt, ist also verständlich.

Die eingemauerte Nonne

Bei dem Kloster Himmelspforten
Sieht ein Kreuz der Wandersmann.
Dort ist eingemauert worden
Eine Nonne, die getan,
Was ihr Schwur und Pflicht verbot,
Darum litt sie diesen Tod.

Und im Volke geht die Sage,
Naht dem Kreuz ein Wandersmann
Mit der neugiervollen Frage:
»Nonne, was hast du getan,
Dass du schuldig des Gerichts?«
Horch! Da spricht die Nonne – nichts!

F. J. Freiholz

Das Zisterzienserinnenkloster Himmelspforten wurde 1231 in Himmelstadt an der Grenze zur Nachbargemeinde Zellingen gegründet. Wegen ständiger Überfälle wurde es aber 1251 nach Würzburg verlegt. Es wurde 1804 im Zuge der Säkularisation aufgelöst und ist heute ein Bildungs- und Exerzitienhaus der Diözese Würzburg. Die Sage um die eingemauerte Nonne gibt es noch in umfangreicheren, teilweise dichterischen Ausgestaltungen.

Tauberfranken

Die goldene Kugel

Die elfjährige Angelika Brand in Freudenberg erzählte: »Am 13. August dieses Jahres, einem Sonntage, ging ich nachmittags gegen drei Uhr mit zwei Gespielinnen und einem kleineren Buben auf das hiesige wüste Bergschloss. Beim viereckigen Turm setzten wir uns nieder. Auf einmal kam, etwas fünfzehn Schritte von uns, eine glänzende Goldkugel aus dem Boden, die größer als eine Kegelkugel war. Sie wälzte sich langsam zu uns her und blieb vor unseren Füßen liegen. Wir Mädchen sahen sie deutlich; der Bube aber konnte sie nicht sehen, obgleich wir mit Fingern auf sie hingewiesen. Da wir aus Angst anfingen zu schreien, rollte die Kugel wieder langsam zurück und versank auf dem Platz, wo sie hervorgekommen war.«

Freudenberg liegt am Main und ist die nordöstlichste Stadt des Main-Tauber-Kreises. Die Burg oberhalb der Stadt wurde im 12. Jahrhundert erbaut. Der Burgname Frouwedenberch übertrug sich auch auf die Siedlung darunter. Im 19. Jahrhundert war die Burg längst Ruine. Heute finden in der Burgruine im Sommer Aufführungen einer Freilichtbühne statt. Der Bericht der Mädchen wurde im Jahr 1854 aufgezeichnet und ist sicherlich auf kindliche Fantasie zurückzuführen. Goldene Kugeln kommen auch in Märchen vor, etwa im Froschkönig.

Die Wetterburg

Nördlich von Wertheim beim Dorf Bettingen macht der Main eine Krümmung, die bei Eichel fast wieder zu ihrem Ausgangspunkt zurückkehrt, dabei einen länglichen schmalen Bergrücken auf drei Seiten umschließt. Auf dieser waldbewachsenen Landzunge des rechten Mainufers sieht man einen kreisförmigen Graben, hinter welchem sich ein alter Erdwall erhebt. Das sind die Reste der Wetterburg, eines stolzen Grafenschlosses. Die letzte Besitzerin, die Gräfin Walpurg, soll so geizig gewesen sein, dass sie die Armen mit Hunden von ihrer Burg hetzen ließ. Um dem Zudrange der Bettler für immer zu wehren, wollte sie auch noch um die vierte Seite des Berges einen Graben ziehen lassen. Vergeblich flehten die Dienstleute sie an, das Unternehmen aufzugeben. Als man ihr sogar vorhielt, dass es Gott missfallen könnte, wenn sie den Lauf des Mains ändere, zog sie ihren Ring vom Finger und rief: »Es mag Gott lieb oder leid sein, so wahr ich diesen Ring nie wieder sehen werde, so wahr wird der Graben vollendet!« Den Ring warf sie in den Main.

Wenige Tage später fand sie den Ring in einem Karpfen wieder. Trotzdem ließ sie von ihrem Vorhaben nicht ab. Da fuhr ein Blitz vom Himmel und schlug die Burg mit all ihren Bewohnern tief in die Erde hinab. Ein tiefer Abgrund birgt nun das Schloss mit allen Schätzen. Schon mancher Schatzsucher hat sich hinabgelassen, um Gold und Edelsteine zu finden. Auch ein Schäfer versuchte es einst. Er gelangte in einen Saal und sah dort Männer und Frauen bewegungslos zusammensitzen. Da geriet er in Entsetzen und klomm aus dem Abgrund wieder hervor. Als er endlich wieder ans Licht gelangte, waren jedoch sieben volle Jahre verflossen. Einen anderen Hirten, der in die Tiefe drang, empfing eine holde Frau, die ihn durch die zahlreichen Prunkgemächer des Schlosses führte. Als sie ihm aber das letzte Zimmer öffnete, sah er dort nur Totengebein und Verwesung. Auch diesem waren sieben Jahre entschwunden, als er wieder ins Freie kam.

Jedes siebente Jahr erscheint die Burg in der Tiefe des Mains. Alsdann erblicken Sonntagskinder auf der Berghöhe einen einsamen Felsen, an dem ein gewaltiger Eisenring befestigt ist, und eine tiefe Höhle nebenan. Noch keiner hat sich jedoch in diese Höhle gewagt.

Die Anhöhe in der Mainschleife bei Urphar wird Wettenburg benannt. Man kann Siedlungsspuren finden, die Jahrtausende alt sind. Auch eine Höhensiedlung der Völkerwanderungszeit etwa um 400 n. Chr. kann nachgewiesen werden. Einzelfunde späterer Zeiten lassen auch auf Besiedlungen bis zur Neuzeit schließen. Für ein Grafenschloss gibt es aber keine Spuren und auch keine urkundlichen Belege.

Das Wertheimer Bergschloss

In einer Fehde zwischen Würzburg und Wertheim drohte der Bischof dem Grafen, er werde, wenn derselbe nicht nachgäbe, ihm das Wertheimer Schloss schleifen. Auf dieses ließ der Graf an der Außenseite des ersten Schlossturms gegen Würzburg zehn dicke Eisenringe einfügen und dann antworten, er habe, um des Bischofs Vorhaben zu erleichtern, seine Burg bereits mit starken Ringen versehen. Der Bischof solle nun mit Stricken kommen, sie an die Ringe binden und dann die Burg schleifen, wohin er möge. Von diesen Ringen trägt der Turm den Namen Ring- oder Ringelturm.

Ehe das Schloss zerstört wurde, ging von ihm ein unterirdischer Gang an den Main und ein anderer in das eine halbe Stunde entfernt liegende Dorf Eichel. Die Eingänge beider Gänge sind noch am Ringelturm zu sehen.

In dem noch benutzten Vorgebäude der Burg wird ein lederner Riemen aufbewahrt, der demjenigen, welcher ihn umhat, Glück auf der Jagd bringt und die Gabe verleiht, wahrzusagen und sich in einen Hasen zu verwandeln.

Auf der Beifeste ist ein Riesengrab und in der Nähe des Pulverturms stand das Hexenbäumchen, dessen Krone von den Hexen wie ein Korb geflochten war. Drauf pflegten sie sich nachts zu setzen und auf der Hexenwiese drum herum zu tanzen. Das Bäumchen wurde aber längst geschlagen.

Vor einigen Jahren brach ein Turm der Burg zusammen. In der Nacht darauf ließ sich im Urkundensaal ein fürchterliches Getöse hören. Als man am Morgen nachsah, lag auf dem Tisch eine ausgerollte Urkunde, von der niemand wusste, wie sie dahin gekommen war. In der Urkunde stand, dass von dem Schloss nichts niedergerissen werden solle.

Eines Sonntagmittags zwischen elf und zwölf sah ein Bäckergeselle in der Burg zwei Reihen Säcke stehen, die oben offen und mit verschiedenen schönen Getreidearten gefüllt waren. Er steckte von jeder Sorte etwas ein und ging dann weiter im Schloss umher. Als er es verließ, waren die Säcke verschwunden. Erst am folgenden Tag erinnerte er sich wieder an die mitgenommenen Fruchtkörner und als er sie hervorholte, fand er sie in mancherlei Gold- und Silbermünzen verwandelt. Diese Säcke zeigen sich auf der Burg nur alle hundert Jahre.

An einem kalten Wintertag ging eine Frau aus der Kemenate auf das Schloss, wo sie in einer Ecke einen wunderschönen grünen Platz antraf, während überall sonst Schnee lag. Sie holte schnell einen fürstlichen Bedienten herbei, fand aber nun den Platz ebenfalls mit Schnee bedeckt. Das Grün hatte auf einen vorhandenen Schatz hingedeutet, den die Frau gefunden hätte, wenn sie verständiger gewesen wäre.

Auf den Plätzen, wo Schätze vergraben sind, brennen in manchen Nächten Feuer oder blaue Lichter. Ein solches Feuer ist einmal so groß, dass es den ganzen Berg erhellt, kurz darauf aber wieder klein. Auf eines der Lichter, das unter des Türmers Wohnung brannte, ging derselbe stillschweigend zu, währenddessen aber fragte ihn sein Sohn, wo er hinwolle. Im selben Augenblick war das Licht erloschen.

Im Sommer 1841 spielten sonntagabends zwischen vier und fünf Knaben aus Wertheim in dem Birkenwald, der an die Burg grenzt. Auf einmal hörten sie Läuten, schauten auf und erblickten einen Leichenzug, welcher aus dem Herrngarten bei Eichel dem Schloss zuging. Voran schritt einer mit einer kleinen Krone auf dem Haupt. Ihm folgten acht, die einen Sarg trugen, und alle neun waren wie katholische Geistliche gekleidet. Als sie an den Schlagbaum kamen, der bei der Eichelsteige den Fürstenweg sperrt, erhoben sie sich in die Luft und schwebten hinüber. Da ergriff die Knaben ein solcher Schrecken, dass sie Hals über Kopf davonliefen.

Burg Wertheim ist eine der ältesten Burgruinen Baden-Württembergs und sicher auch eine der schönsten. Sie wurde um 1132 gebaut. Der Dichter Wolfram von Eschenbach stand in Verbindung mit den Grafen von Wertheim. Während seiner inzwischen als sicher geltenden Aufenthalte auf der Burg soll er auch an seinem Epos Parzival gearbeitet haben. Im 17. Jahrhundert wurde die Burg durch eine Pulverexplosion und durch Beschuss der kaiserlichen Truppen zerstört. Seither liegt sie in Trümmern. Seit 1982 wurde die Burgruine saniert und ist heute wieder gut zugänglich.

Die Kreuze bei Reicholzheim

Vor Zeiten gingen einmal ein schönes Mädchen, dessen Bruder und zehn andere Burschen aus Höhfeld von der Kirchweihe in Waldenhausen heim. Kaum waren sie aus dem Ort, bekamen die zehn Burschen wegen des Mädchens, in das alle verliebt waren, miteinander Händel, wobei einer getötet wurde. Zwar setzten sie hierauf ihren Weg zusammen fort, allein auf der Höhe hinter Reicholzheim erneuerten sie den Streit mit solcher Wut, dass die neun Burschen auf dem Platz blieben. Als der Bruder des Mädchens das große Unglück betrachtete, das sie durch ihre Gefallsucht angerichtet hatte, hieb er ihr mit seinem Schwert den Kopf ab. Dann ging er fort bis auf die Gamburger Stiege, nahm sich aber dort selbst das Leben. An diesem so wie an jedem anderen Platz, wo ein Bursche gefallen war, steht ein steinernes Kreuz. Ein hoher Stein mit einem eingehauenen Schwert steht jedoch dort, wo das Mädchen von ihrem Bruder getötet wurde. Auf den meisten Kreuzen ist ein Dolch, Messer, Schwert oder Doppelhammer eingehauen. Von dem obersten Kreuz bei Reicholzheim bis zum untersten soll das Blut einem Bach ähnlich geflossen sein. Die dortigen Äcker heißen von diesem Vorgang die Streitäcker und wegen dieses Vorfalls ist die Waldenhauser Kirchweihe für immer aufgehoben. Bei den Kreuzen spukt es in manchen Nächten, namentlich hängt sich ein schwarzer Mann den Vorübergehenden auf den Rücken und lässt sich eine gute Strecke von ihnen forttragen.

Die Sammlung dieser vierzehn Steinkreuze, die heute oberhalb von Reicholzheim auf dem Weg nach Bronnbach zusammenstehen, nennt man Steinkreuznest. Es ist nicht die einzige Steinkreuznestansammlung Deutschlands, sicher aber die größte und bekannteste. Tatsächlich sind die Steinkreuze aus verschiedenen Orten zusammengetragen und dort, eingefasst in eine rote Sandsteinstützmauer, aufgestellt worden. Da die Steinkreuze bereits Ende des 15. Jahrhunderts schriftlich erwähnt wurden, ist davon auszugehen, dass es zu dieser Zeit schon eine Ansammlung von Kreuzen gab. Einige der Steinkreuze sind aber jüngeren Datums, weshalb davon auszugehen ist, dass diese Sammlung später erweitert wurde.

Die Gründung der Abtei Bronnbach

Als der heilige Bernhard in Wertheim war, zeigte er nach einer Wildnis des Taubertals und sprach: »Auch dort wird ein Kloster meines Ordens gegründet werden!« Diese Weissagung ging noch zu seinen Lebzeiten in Erfüllung. Einige Edelleute hatten beschlossen, ein Bernhardiner-Kloster zu stiften, und als sie dazu im Taubertal einen Platz suchten, sahen sie aus jener Wildnis zwei – manche sagen: drei – weiße Lerchen aufsteigen. Hierin erkannten sie einen Fingerzeig Gottes und bauten an der Stelle die Abtei Bronnbach. Diese nahm in ihr Wappen eine der Lerchen auf, welche von den Händen des Jesuskindes, das auf seiner Mutter Schoß sitzt, gehalten wird.

Bernhard von Clairvaux (um 1090–20.8.1153) war einer der bedeutendsten Mönche des Zisterzienserordens und für die Ausbreitung des Ordens über ganz Europa verantwortlich. Kein Kloster der Bernhardiner, wie die Sage erzählt, sondern eines der Zisterzienser entstand dort im Taubertal. Bauernaufstand, Dreißigjähriger Krieg und Säkularisation überdauerte das Kloster. Der letzte Bronnbacher Zisterzienser starb 1859 als Stadtpfarrer von Miltenberg, der letzte Abt kehrte in seine Geburtsstadt Bamberg zurück. Erst 1921 kamen deutschsprachige Zisterzienser aus Slowenien wieder in die Abtei, 1931 folgten ihnen Kapuziner. Heute ist das renovierte Kloster Eigentum des Main-Tauber-Kreises. Abteikirche, Orangerie und Gärten sind einen Besuch wert. Das Kloster ist heute ein Veranstaltungsort für Kultur und Wissenschaft.

Hexenstein

Auf dem Berg Lindhelle bei Gamburg versammeln sich in der Walpurgisnacht die Hexen und tanzen auf einem Felsen, welcher davon der Hexenstein genannt wird.

Wer heute durch das kleine Städtchen Gamburg kommt, sollte es sich nicht nehmen lassen, die Brücke über die Tauber zu überqueren und der Burg einen Besuch abzustatten. Vielleicht findet ja gerade eine Führung statt, möglicherweise eine der Gespensterführungen, bei denen der heutige Burgherr an verschiedenen Stellen sagen- und legendenhafte Geschichten aus vergangenen Jahrhunderten vorliest. Das ist stimmungsvoll, denn die Führung geht in die Nacht hinein und der durch Kerzenlicht erhellte Park bietet für diese Geschichten das passende Ambiente.

Hokemo und Hullefra

An der Gamburger Brücke haust seit alter Zeit der Hokemo, der Hakenmann. Menschen, die sich zu dicht heranwagen, zieht er mit seiner Hakenstange in die Tauber und behält sie dort. Eine Frau, die den Hokemo von Angesicht zu Angesicht gesehen haben will, sagt, dass es sich um einen schönen Mann handele. Allerdings sei die Frau wenige Wochen nach diesem Erlebnis gestorben. Die Hullefra ist eine alte Frau, die versucht, vor allem Kinder aus den Klauen des Hokemo zu retten.

Heute findet man Hokemo und Hullefra auf dem Dorfbrunnen in der Mitte von Gamburg. Im Gamburger Fasching gilt der Hokemo als Symbolfigur. Immer wieder ist der Ruf »Hokemo – zieh nei!« in dieser Zeit zu hören.

Dost und Johanniskraut schützen vor dem Teufel

In Werbach kam einst ein sechsjähriges Mädchen von seiner Patin heim und sagte der Mutter, es habe von jener gelernt, Mäuse und Gewitter zu machen. Da untersagte die Mutter ihrer Tochter streng, je wieder hinzugehen. Sicherheitshalber nähte sie ihm Dost und Johanniskraut in die Kleider.

Trotz des Verbots schlich das Kind wieder zu der Patin und wurde von ihr in den Keller geführt, wo der Teufel bereits lauerte. Beim Anblick des Mädchens rief er aber aus:

»Dosten und Johanniskraut
Verführt mir meine Braut!«

Wegen der eingenähten Kräuter hatte er über das Kind keine Gewalt mehr.

Dost (Origanum) ist eine Pflanzengattung aus der Familie der Lippenblütler in der Ordnung der Lippenblütlerartigen (Lamiales). Johanniskräuter sind eine Pflanzengattung innerhalb der Johanniskrautgewächse (Hypericaceae). Es gibt mehrere hundert Arten. Bekannt ist vor allem das medizinisch genutzte Echte Johanniskraut (Hypericum perforatum). Dass mit bestimmten Kräutern und Pflanzen auch Geister und der Teufel gebannt werden können, ist ein weit verbreiteter Aberglaube.

Hexe verunglückt

Ein Bauernknecht zu Werbach wurde mehrere Nächte im Bett von etwas so gedrückt und geplagt, dass er stets am Morgen ganz erschöpft war. Als er es seinen Hausgenossen klagte, riet ihm die Bäuerin, er solle sich in der nächsten Nacht im Bett ein Messer mit der Spitze auf die Brust und auf dasselbe einen hölzernen Teller setzen. Arglos wollte es der Bursche so machen; allein auf das Zureden seines Mitknechts tat er den Teller unter das Messer und richtete des Letzteren Spitze in die Höhe. Gegen Mitternacht warf sich wieder etwas auf ihn. Es war, wie sich gleich nachher zeigte, die Bäuerin selbst, welche sich dabei in das Messer gestürzt und getötet hatte. Nun erkannte er, dass sie eine Hexe war. Hätte er ihren Rat befolgt, so wäre er statt ihrer totgestochen worden.

Solche Hexensagen lassen erahnen, dass manches Mal gemeiner Mord zulasten der Gemordeten ausgelegt wurde. Eine lästig gewordene Geliebte ist schnell mal mit dem Messer beseitigt und wenn man dann noch ausreichend, vielleicht gar mit Zeugen darlegen kann, dass es sich um eine Hexe handelt, geht der Mörder straffrei aus. Diese Art Geschichten wird auch gerne, willig und unkritisch weitererzählt.

Die Sage von der alten Burg bei Röttingen

Außerhalb des Hundheimer Tores an der Straße nach Tauberrettersheim sieht man ein Kreuz in eine Weinbergsmauer eingemauert, an welchem, obwohl etwas verwittert, eine ausgehauene weibliche Figur noch erkennbar ist.

Diesem Denkstein gegenüber auf dem jenseitigen Ufer der Tauber erhebt sich eine kleine Anhöhe mit Spuren übergrasten Mauerwerks. Dort stand vor Zeiten eine Burg, welche ein Ritter mit seiner einzigen Tochter bewohnte. Trauriges Geschick hatte die Seele des

Mannes verdüstert, sodass es für ihn keine andere Freude mehr gab als die Jagd und dabei die Hirsche und Wildschweine zu Tode zu hetzen. Seine Tochter war schön von Gestalt und engelgleich im Gemüt, aber sie hatte traurige Tage, denn sie musste alle trüben Launen des Vaters über sich ergehen lassen. Ein edler Jüngling der Nachbarschaft gewann ihre Zuneigung, allein der Vater hatte schon lange für sie beschlossen, dass sie den Schleier zu Schäftersheim nehmen sollte. Die Jungfrau fühlte keine Berufung dazu, vielmehr erwiderte sie die Liebe des Jünglings, wohl in der Hoffnung, der Vater werde schon noch seine Einwilligung geben. Aber der Alte blieb hartnäckig bei seinem Beschluss. Er nahm sich sogar vor, bei dem ersten Anlass das bereits aufkeimende Liebesglück mit Gewalt zu zerstören.

Eines Tages, als er von der Jagd zurückkehrte, war seine Tochter nicht zu Hause. Vergebens ließ sie der Alte in jedem Winkel der Burg suchen. Endlich hinterbrachte man ihm, wie das Mägdelein in traulichem Zwiegespräch mit ihrem Geliebten draußen am Ufer der Tauber lustwandle. Kaum hatte der Ritter die Botschaft vernommen, als er wütend nach seinem Bogen griff, hinaus vor die Burg eilte und den Jüngling noch von Weitem mit dem Pfeil durchbohrte. Seine Tochter ließ er lebendig einmauern. Er selbst aber fand auf Erden keine Ruhe. Eines Tages soll er spurlos verschwunden sein. Die herrenlose Burg fiel in Schutt und Trümmer.

Die heutige Burgruine Brattenstein, in der seit den 1980er-Jahren jährlich Festspiele im Sommer stattfinden, dürfte nicht Schauplatz dieser alten Sage sein. Erste urkundliche Überlieferungen über Röttingen stammen aus dem Jahr 1103. Die Stadt ist aber viel älter. Man spricht davon, dass eine alemannische Sippe der Ruoter die Siedlung Ruotingen gegründet haben soll. Ein möglicher wahrer Kern dieser Sage wird in dieser Zeit zwischen dem 5. und 10. Jahrhundert zu suchen sein.

Heinrich Toppler

Der Mann, von dem die Rothenburger Sage am meisten zu erzählen weiß, war der Bürgermeister Heinrich Toppler. Er galt in der Stadt als der reichste Mann seiner Zeit und musste 80.000 Gulden besteuern. Außerdem besaß er viel an Gütern, Waldungen und Mühlen. Als ein Hauptmann der verbündeten Städte in Schwaben und Franken erwarb er sich großen Kriegsruhm. Er war so kühn, dass er seine Feinde bis zum Rhein verfolgte, manch festes Schloss eroberte und zerstörte. Viele bedeutende Anlagen in der Stadt werden ihm zugeschrieben. Besonders war er auf ihre Erweiterung und Befestigung bedacht. Bei Fürsten und Herren im weiten Umkreis galt sein Name viel. Das gemeine Volk war ihm so anhänglich, dass ihn an Festtagen stets dreißig oder vierzig Bürger von der Kirche heimbegleiteten. Damit es seinem Glück in nichts fehle, war er auch im Haus mit drei kräftigen Söhnen und fünf züchtigen Töchtern gesegnet, von denen zwei bereits an Söhne edler Ratsherren vermählt waren.

Gegen einen solchen Mann schlief der Neid jedoch nicht. Es verbreitete sich das Gerücht, Toppler halte mit seiner Sippe gegen den Stadtbrauch in seiner Wohnung über seine Vasallen Gericht und habe sich für diese ein eigenes Gefängnis bauen lassen. Den weiteren Verlauf erzählt die Volkssage nach ihrer Weise folgendermaßen: Im trunkenen Mut würfelten Burggraf Friedrich von Nürnberg und Heinrich Toppler um die Stadt Rothenburg, wer künftig ihr Herr sein solle. Toppler warf elf Augen, der Burggraf aber zwölf. Seit der Zeit dachte jener darauf, die Stadt seinem Bundesgenossen zu übergeben. Dieses erkannte aber die Weisheit der Ratsherren daran, dass einige alte Türen der Stadtmauer, die der Bürgermeister der Befestigungsarbeiten wegen hatte einreißen lassen, gar lange nicht wieder aufgebaut wurden. Als nun Toppler einstmals mit zwei anderen Ratsherren nach Ansbach geritten war, rief die Ratsglocke plötzlich den Rat zusammen und die Partei von Topplers Feinden trat jetzt hervor. Durch nachsetzende Reiter wurde Toppler unter einem Vorwand zurückgerufen. Da er als Bürgermeister die erste Stimme hatte, wurde er befragt, was einem Verräter der Stadt gebühre. »Hungers zu sterben«, erwiderte der Unbesorgte unverzüglich. Da ließ ihm der Rat sein eigenes Urteil verkünden und ihn in das geheime Stadtgefängnis unter dem Archiv werfen. Dort lag er manchen Tag, bis er verschmachtete.

Andere behaupteten, er sei an Gift gestorben. Sein bekümmertes Weib, so erzählt die Sage noch, versuchte von den Kellern ihres Hauses einen unterirdischen Gang bis zum Gefängnis ihres Eheherrn treiben zu lassen, kam aber zu spät. Toppler wurde in der Kirche begraben, wo ein Altar seinen Namen führt. Im Jahr 1839 fand man bei einer Wiederherstellung der Steinplatten auf dem Boden des Chores unter dem größten schwer beweglichen Stein das gut erhaltene Gerippe eines hochgewachsenen Mannes, der fast dicht unter der Fläche des Steines und dem Anschein nach ohne Sarg und Zubehör, von dem sich doch immer eine Spur erhält, leicht in die Erde verscharrt war. Das könnten Heinrich Topplers Reste gewesen sein. Den Grabstein an der Kirchentür von St. Jakob mit dem Wappen hat man wohl erst später gesetzt, als Kaiser Ruprecht über das Verfahren des Rats ein strenges Urteil gefällt hatte.

Heinrich Toppler (um 1340–Juni 1408) war sicher kein Verräter an der eigenen Stadt, die er groß gemacht und gegen Willkürakte des Adels geschützt hatte. Aber er war reich und mächtig und wagte es sogar, den Burggrafen von Nürnberg vor ein städtisches Gericht zu zitieren. Angst der Rothenburger vor den Konsequenzen und sicher auch Neid werden eine Rolle gespielt haben, als Toppler vor dem städtischen Gericht zur »Verkümmerung« verurteilt und zum Verhungern in den Kerker geworfen wurde. Eine spannende Geschichte dieser Zeit hat Ernst Wilhelm Heine mit seinem Buch »Toppler. Ein Mordfall im Mittelalter«, Zürich 1990, vorgelegt. Die Sage, die zuungunsten Topplers spricht, mag ein Rechtfertigungsversuch der Rothenburger sein.

Die zwei Türme zu Rothenburg

Als die Sankt Jakobskirche zu Rothenburg fertig war, sollten noch zwei Türme darangefügt werden. Einen übernahm der Meister zu bauen, den anderen übertrug er einem jungen Gesellen, welchen er selbst in der Baukunst unterrichtet hatte. Es hatte aber der Geselle sein Werk zur bestimmten Zeit weit schöner und zierlicher als der Meister getan.

Das verdross diesen so sehr, dass er sich verzweifelt vom Gerüst herabstürzte. Noch heute ist das Bild eines herabstürzenden Mannes an dem Bau zu sehen.

Die Stadtpfarrkirche St. Jakob in Rothenburg ob der Tauber wurde zwischen 1311 und 1484 mit einigen Baupausen erbaut. Auffällig sind die beiden unterschiedlich hohen Türme. Ob dies auf einen Wettbewerb von Meister und Geselle zurückgeht oder nur auf unterschiedliche Bauphasen, wird wohl Legende bleiben müssen. Sehenswert ist die Kirche allemal, insbesondere innen, denn dort befinden sich der berühmte Heiligblutaltar des Würzburger Bildschnitzers Tilman Riemenschneider und der noch ältere Zwölf-Boten-Altar, der von Künstlern der Ulmer Schule geschnitzt wurde.

Das Freudengäßle zu Rothenburg

In Rothenburg ob der Tauber ist ein Gässlein, das heißt das Freudengäßle. Dort hat vor Zeiten der Scharfrichter seine Behausung gehabt. Wie aber dasselbe zu dem Namen gekommen ist, davon wird folgende Geschichte erzählt. Als nach der Schlacht bei Nördlingen der Tilly in Rothenburg eingezogen, hatte man ihm und seinen Leuten auf dem Rathaus ein stattliches Mahl zubereitet. Dabei ward ihnen denn auch in einem großen Humpen, der noch heutigen Tags zu sehen ist, Wein kredenzt vom besten Rothenburger Gewächs. Wie nun Tilly vom Wein probiert, fand er diesen ganz abscheulich und glaubte, dass die Rothenburger ihm diesen Trank zum Spotte gereicht hätten. Er ergrimmte in Zorn und sprach zu Bürgermeister und Ratsherren: »Dieser euer Wein soll euch schlecht bekommen, denn ich sage euch, wenn nicht einer von euch diesen Humpen in einem Zug austrinkt, so seid ihr alle des Todes.« Und er ließ auch sogleich den Scharfrichter holen, dass er bereitstehe mit seinem Schwert, um einem nach dem anderen den Kopf abzuhauen. Da erbarmte sich aus Patriotismus einer der jüngeren Ratsherren der übrigen, trat vor und trank den

Wein allein in einem Zug aus, so wie es der grausame Tilly verlangt hatte. Also sind Bürgermeister und Ratsherren mit dem Leben davongekommen und der Scharfrichter musste unverrichteter Dinge wieder abziehen. Darüber ist in Rothenburg große Freude gewesen und es wurde dieses Ereignisses wegen jenes Gässlein, in welchem der Scharfrichter seine Wohnung gehabt hatte, das Freudengäßle genannt.

Diese Legende hat viele Ausprägungen. Am populärsten ist die Variante, in der der damalige Bürgermeister Georg Nusch auf Befehl Tillys den Humpen auf einen Zug leerte und die Stadt vor der Zerstörung bewahrte. Historisch ist dies nicht belegt, aber noch heute wird jährlich in der Pfingstzeit das Theaterstück »Der Meistertrunk« von Adam Hörber von Rothenburger Bürgern aufgeführt. Wer sich um diese Zeit in Rothenburg oder in der Nähe aufhält, sollte sich das nicht entgehen lassen. Zu anderen Zeiten lässt sich der Meistertrunk zumindest zu jeder vollen Stunde als Puppendarstellung an der Uhr der Ratstrinkstube verfolgen.

Mittelfranken (Nürnberg und Umgebung)

Ein Bäckerjunge kommt in den Kaiser-Karls-Berg

Bei Nürnberg liegt der Kaiser-Karls-Berg, woraus in früherer Zeit oft ein schöner Gesang von unbekannten Stimmen ertönt sein soll. Damals kam zu einem Nürnberger Bäckerjungen, der abends an dem Berg vorbeiging, ein unbekanntes Männlein und sagte zu ihm: »Bringe von morgen an täglich in der Frühe einen Korb voll Brot hierher in den Berg. Du wirst an dieser Stelle den Eingang sehen und kannst ohne alle Furcht hineingehen. Jedes Mal wird dir dein Brot bar bezahlt werden und du erhältst außerdem noch einen Sechser Trinkgeld. Wenn du aber die Sache verrätst, so kostet es dich das Leben!«

Am anderen Morgen sagte der Junge seiner Meisterin, es sei ein großer Korb voll Brot bestellt worden, nahm ihn und trug denselben an den Berg, an dem er nun zum ersten Mal eine Öffnung fand, durch die er hineinging. Schon bald kam ihm das Männlein mit einem Licht entgegen und führte ihn in ein kostbar eingerichtetes Gewölbe, worin ein Kronleuchter brannte und geharnischte Männer schlafend umhersaßen. Der Junge legte das Brot ab und wurde mit neuem Geld ausbezahlt. Er musste danach den Berg sofort verlassen.

Bis zum dritten Tag ging alles gut. An diesem aber fragte die Meisterin, wer den Korb Brot bekomme und dafür das schöne neue Geld bezahle. Der Junge gab zur Antwort, wenn sie nur das Geld erhalte, soll sie nicht nach dem Weiteren fragen. Damit war aber die Meisterin nicht zufrieden und schlich am nächsten Tag dem Jungen bis in die Nähe des Berges nach, worauf sie ihm bei seiner Rückkehr sagte, sie wisse jetzt, dass er das Brot zum Kaiser-Karls-Berg bringe, wenn er nun nicht alles gestehe, werde er aus dem Dienst gejagt. Durch diese Drohung erschreckt, erzählte der Junge alles, aber klagte dabei, dass er jetzt sein tägliches Trinkgeld, vielleicht sogar sein Leben, verlieren würde. Am anderen Morgen ging er mit dem Korb Brot wieder fort, kam aber nicht mehr nach Hause und es ward auch keine Spur von ihm gefunden außer dem Korb und seinen Kleidern, die auf dem Weg zum Berg hier und da zerstreut lagen. Seitdem ist der Gesang im Berg verstummt. Dagegen hört man daraus zuweilen Heulen und Wehklagen.

Auch wenn in dieser Sage von Nürnberg die Rede ist, so handelt es sich doch um eine bekannte Fürther Sage. Die Flur »Kaiserberg« ist bereits für das Jahr 1632 dokumentiert.

Burglinde zu Nürnberg

Zu Nürnberg saß im Garten, die edle Kunigund,
Mit eigner Hand zu warten, der Blümlein zart und bunt.

Da dachte sie mit Schmerzen, an ihren lieben Herrn,
Er war von ihrem Herzen, so viele Meilen fern.

Und sinnend brach die Gute, sich einen Lindenzweig,
Und pflanzt mit stillem Mute, ihn in das Erdenreich.

Der war zur selben Stunde, gewurzelt und erblüht;
Da sprach Frau Kunigunde, mit fröhlichem Gemüt:

»So blühe meine Liebe, o Heinerich, zu dir,
Hinfort mit solchem Triebe, wie dieses Bäumchen hier.«

Das Bäumchen sprosste mächtig, und ward ein Riesenbaum,
Und grünt noch heute prächtig, empor zum Himmelsraum.

Alexander Schöppner (1820–1860)

Alexander Schöppner war Pädagoge und Schriftsteller und ist auch heute noch durch seine Sammlung bayerischer Sagen bekannt. Er übertrug aus verschiedenen alten Quellen, sammelte selbst mündliche Überlieferungen und brachte einige Sagen auch in Verse.

Kaiser Karl und die alte Furt

Auf dem Weg nach Nürnberg kam Kaiser Karl mit seinem Gefolge im Jahr 793 vom Weg ab. Im Dunkel des Waldes war die Orientierung verloren gegangen. Man lagerte an einem Platz bei einem Wassertümpel. Der Kaiser führte einen wertvollen Schatz, heilige Reliquien, mit sich. Am nächsten Morgen brach das Heer bereits in der Dämmerung die Zelte ab und setzte den Weg nach Nürnberg fort. Dort erfuhr der Kaiser, dass er im Moorfeld bei der Alten Furt gelagert hatte. Aus Dankbarkeit, dass sowohl er als auch die Reliquien unversehrt geblieben waren, stiftete er eine runde Kapelle an dieser Stelle.

Heute liegt die Kapelle nicht mehr vor den Toren Nürnbergs, sondern ist im Stadtteil »Altenfurt« zu finden. Sie stammt auch nicht von Karl dem Großen, sondern wurde in der Mitte des 12. Jahrhunderts erbaut und im 13. Jahrhundert um eine dreiviertelrunde Apsis erweitert. Man findet sie am Leonhard-Übler-Platz.

Karl der Große im tiefen Brunnen zu Nürnberg

Die Sage erzählt, dass Kaiser Karl der Große sich in den fünfzig Klafter oder dreihundert Nürnberger Fuß tiefen Brunnen der Burg zu Nürnberg verflucht habe und in demselben hause. Ein Verbrecher, den die Nürnberger Herren in den Brunnen hinabgelassen haben, um der Sache auf den Grund zu kommen, will ihn leibhaftig gesehen haben. Er soll an einem Tisch sitzen, um welchen ihm der Bart schon zweimal herumgewachsen ist.

Dass sich um Kaiser, die hohes Ansehen im Volk hatten, auch über ihren Tod hinaus manche Sage spann, die davon erzählt, dass der Kaiser nicht wirklich tot sei, sondern an irgendeinem Ort warte, bis es Zeit sei, zurückzukehren, ist bekannt. Dass ein endlos lang gewachsener Bart sowohl die Zeit, die vergangen ist, symbolisiert als auch die Lebendigkeit der Sagengestalt, ist naheliegend. Bei Barbarossa war das so und auch bei Karl dem Großen.

Paul Cruz zu Nürnberg

Zu Nürnberg ist einer gewesen mit Namen Paul Cruz, der eine wunderliche Beschwörung zuwege gebracht hat. An eine bestimmte Stelle hat er ein neues Tischlein gesetzt, ein weißes Tuch daraufgedeckt, zwei Milchschüsslein daraufgesetzt, ferner zwei Honigtöpfe, zwei Tellerchen und neun Messerchen. Dann hat er eine schwarze Henne genommen, sie über einer Kohlpfanne zerrissen, sodass das Blut in das Essen hineingetropft ist. Hernach hat er davon ein Stück gegen Morgen, das andere gegen Abend geworfen und seine Verschwörung begonnen. Zuletzt ist er hinter einen grünen Baum gelaufen und hat von dort beobachtet, dass zwei Bergmännlein sich aus der Erde hervorgefunden und zu Tisch gesetzt und gegessen haben. Nun hat er ihnen Fragen vorgelegt, worauf sie antworteten. Mit der Zeit – er hat diese Beschwörung öfters getan – sind die kleinen Geschöpfe so vertraut geworden, dass sie auch zu ihm ins Haus zu Gast gekommen sind. Er hat auch endlich ihren König kennengelernt, der alleine kam in einem roten Scharlachmäntelchen. Darunter hatte er ein Buch, das er auf den Tisch warf und Paul Cruz erlaubte, darin so viel und so lange zu lesen, als er wollte. Davon erlangte er eine große Weisheit und viele Geheimnisse.

Natur- oder Elementargeister spielen in Märchen und Sagen keine kleine Rolle. Manche Menschen wollen sie sehen und auch mit ihnen kommunizieren können – auch heute noch –, während dies den meisten anderen Menschen aber nicht gegeben ist. Zu den Erdgeistern, die in dieser Sage angesprochen werden, gehören unter anderem Gnome, Trolle und Irrwische. Ob Zwerge zu den Erdgeistern gehören, ist umstritten.

Die Allerseelenmesse bei St. Lorenz

In Nürnberg lebte eine Jungfrau namens Gertraud Stromer, die war einem reichen Patrizier wohl geneigt und hing mit ihrem ganzen Herzen an ihm. Weil sie's aber für sich behielt, heiratete ihre beste Freundin diesen Patrizier. Darüber brach der Gertraud aller Lebensmut. Der Patrizier starb nach kurzer Ehe und die Gertraud überlebte ihn nicht lange. Im Jahr 1430 am Allerseelensonntag machte sich des Patriziers junge Witwe, Frau Imhof, früh auf und wollte zu St. Lorenz die Frühmesse hören. Als sie in die Kirche kam und schon eine Weile in ihrem Kirchstuhl saß, ward ihr ganz eigenartig zumute. Wo sie auch hinsah, dünkte ihr, dass sie keine heutigen Gesichter erblickte. Alle Menschen und auch die Geistlichen an den Altären schienen ihr vor langer Zeit schon verstorben zu sein. Um sich Klarheit zu verschaffen und diese gruseligen Gedanken zu vertreiben, trat sie zitternd aus dem Kirchstuhl und klopfte einer Jungfrau, die dem Altar zugewandt war, auf die Schulter, um sie auszufragen. Als sich diese gegen sie kehrte, erkannte die Imhof ihre beste Freundin, die vor drei Wochen gestorben war. Da erschrak sie noch mehr und es wurde ihr eiskalt ums

Herz. Die Verstorbene aber sagte: »Gevatterin, so man zur Wandlung läutet, geht aus der Kirche, sonst ist es auch um Euer Leben geschehen. Ihr habt mir wohl das Herz gebrochen, doch habe ich Euch verziehen.« Hierauf eilte die Frau hinaus. Sie hatte aber den Eindruck, als eilte ihr eine ganze Menge Menschen nach und einige hielten sie gar am Mantel fest. Da ließ sie diesen im Stich und floh nach Hause, wurde sterbenskrank, dass sie schon die Sakramente bekam. Doch erholte sie sich wieder, hatte aber alle Lust zur Welt verloren und ging ins St.-Clarens-Kloster. Da lebte sie noch etliche Jahre. Dann starb sie früh am Allerseelentag.

Wenn man nicht fragt, kann man sich leicht ins Unrecht setzen, das musste auch Parzival erfahren, als er das erste Mal seinen Oheim Gurnemanz traf. Wenn eine junge Frau ihrem Angebeteten ihre Liebe nicht gesteht, kann es passieren, dass der eine andere heiratet. St. Lorenz in Nürnberg ist eine gotische Kirche, deren Bau um 1250 begann und erst 1477 abgeschlossen wurde.

Der verfluchte Schüler

Die Einrichtung der Schulen in Nürnberg war bis zur Zeit der Reformation und noch lange darüber hinaus eine sehr dürftige. Schulen, in denen ausschließlich Unterricht in der deutschen Sprache und den Elementarfächern wie heutzutage erteilt wurde, gab es bis zum 16. Jahrhundert nicht. Wer sich für den gelehrten oder geistlichen Stand vorbereiten wollte, musste zunächst eine der lateinischen Schulen besuchen, wie sie an den Kirchen zu St. Sebald, St. Lorenz, im Ägidienkloster und später auch am Spital bestanden.

Die Schüler dieser Schulen waren meistens die Söhne armer Eltern, denn die der Patrizier und reichen Bürger erhielten ihre Vorbildung zum Besuch einer hohen Schule in der Regel durch Privatunterricht durch Schreib- und Rechenmeister, von denen es eine erkleckliche Anzahl gab. Jene Lateinschüler erwarben sich ihren notdürftigen Unterhalt durch das noch bis in die späteren Zeiten übliche Singen vor den Häusern, bei Leichenbegräbnissen und dergleichen. Sie waren sich so ziemlich selbst überlassen und ihre Zucht und Gesittung ließ bei dem größten Teil viel zu wünschen übrig. In den Ferienzeiten wurden sie fast zu einer Landplage und von den Bauern so gefürchtet wie die Landsknechte, denn es war nicht Huhn noch Ei vor ihnen sicher. Spielen, Saufen, Fluchen und Schwören war ihnen oft geläufiger als das Latein, das ihnen von irgendeinem alten Kirchenvater eingepaukt wurde.

Ein solcher Schüler mag der Bengel gewesen sein, der einmal auf dem Platz vor dem Lorenzer Schulhaus mit anderen seinesgleichen »schusserte«. Das ist ein Nürnberger Spiel, das andernorts Murmelspiel genannt wird und das man Schulknaben oft spielen sieht. Dieser Schüler, dessen Name nicht überliefert ist, wurde vom Glück nicht begünstigt und als er seinen letzten Schusser verloren hatte, rief er verzweifelt aus: »Wenn mich nur gleich der Teufel lotweis holte!« Nun soll der Teufel bekanntlich auf nichts so sehr erpicht sein wie auf eine arme Seele und wenn er gerade keinen besseren Braten bekommen kann, nimmt er auch mit einem armen Schüler vorlieb. So hatte der Flucher kaum den bösen Wunsch ausgesprochen, als auch schon Herr Urian mit gewaltigem Sausen durch die Luft geflogen kam, den Schüler beim Genick packte, ihm den Kopf herumdrehte, dass das Gesicht im Nacken stand, und dann, einen gräulichen Gestank zurücklassend, ihn durch die Lüfte mit sich fortführte.

Wer das nicht glauben will, schaue am Schulhaus bei St. Lorenzen auf dem Sockel der Statuette des heiligen Lorenz die Figur mit umgedrehtem Kopf und auf einer der Spitzen am Dach der Kirche den Hut des Schülers, der bei seiner Höllenfahrt durch die Luft dort hängen blieb und zu einem ewigen Wahrzeichen und zur Warnung für alle leichtsinnigen Spieler und Flucher aus Blech abgebildet wurde.

Die geschilderten Verhältnisse Bildung und Schulen betreffend sind keine Nürnberger Eigenheit, sondern treffen auf alle anderen Gebiete und Städte ebenfalls zu.

Die Wolfshenker

Wie es kam, dass die Ansbacher als Spitznamen »Wolfshenker« gerufen wurden, das verhält sich folgendermaßen: Im Jahre 1685 starb nämlich Michael Leicht, ältester Bürgermeister und Kastenpfleger in Ansbach. Das gemeine Volk will gesehen haben, dass er von seinem Dachfenster aus seinem eigenen Leichenbegräbnis zusah. Darauf soll er sich in einen Wolf verwandelt haben. Dieser Wolfmensch lief nun über ein Vierteljahr lang wütig in der Umgegend von Windsbach, zwei Meilen von Ansbach, herum, zerriss und fraß vier Kinder, verwundete mehrere Leute und versetzte alle in Furcht und Schrecken, sodass sich niemand mehr allein und ohne Gewehr über das Feld zu gehen traute. Es wurde von Jägern und Bauern lange, aber vergeblich nach ihm gesucht, bis er endlich bei der Verfolgung eines Hahns selbst in einen leeren Brunnen fiel. Die herbeigelaufenen Landleute töteten ihn darin mit Steinen und Prügeln. Man brachte ihn am 10. Oktober nach Ansbach, hieb ihm die Schnauze ab, legte ihm dafür eine Maske mit Bart an, setzte ihm eine Perücke auf und zog ihm einen Rock von gewichster Leinwand über, nachdem man ihm zuvor das Fell abgezogen hatte. Dann hängte man diesen Wolfmenschen auf dem Nürnberger Berge vor Ansbach an einen Schnellgalgen. Das Fell stopfte man aus und brachte es in die Ansbacher Kunstkammer. Leute, die einen toten Wolf an den Galgen hängen, verdienen wohl einen Spitznamen, dachten sich einige und so kam es, dass man die Ansbacher eine Zeit lang als »Wolfshenker« rief.

Berichte über Menschen, die sich in Wölfe verwandeln können, gibt es schon aus der Antike. Im Mittelalter war diese Vorstellung vor allem in der Zeit der Hexenverfolgung sehr populär. Dass man sich aber über Leute, die eine Wolfsleiche an den Galgen hängen, lustig macht, zeigt, dass nicht alle vom Aberglauben befallen waren.

Wie ein Hausgeist frei wird

Es ist in Nürnberg Sitte, jährlich wenigstens einmal das ganze Haus von oben bis unten zu reinigen, »stöbern«, wie die Nürnberger sagen. Das sollte nun auch in einem Haus der Laufergasse geschehen, während der Herr und die Frau auf einer Reise abwesend waren. Vorher hatten sie der Magd den Auftrag gegeben, alles fleißig zu reinigen, bis auf eine Kammer unter der Stiege, die sollte verschlossen bleiben. Als nun die Leute fort waren, plagte die Magd der Vorwitz. Was könnte da wohl in der Kammer sein, die sie nicht aufschließen sollte? Abends, als sie mit dem »Stöbern« fertig war, wollte sie ihre Neugierde befriedigen.

An der Kammertür hing ein großes, altes Schloss, auf dem drei weiße Kreuze mit Ölfarbe aufgemalt waren. Die Magd probierte nun alle Schlüssel – keiner wollte passen. Endlich fand sich noch ein ganz verrosteter, mit dem sie das Schloss öffnen konnte. Sie öffnete eine finstere Kammer voller Staub und Moder, sodass sich die Magd nicht hineintraute. In der Mitte lag ein großer Pelz auf dem Boden. Der fing nun an sich zu regen und zu rühren und wurde groß und immer größer. Die Magd erschrak und lief vor Entsetzen davon. Da ertönte hinter ihr ein schallendes Gelächter, dass es der Dirne in alle Glieder fuhr.

Als die Herrschaft nach Hause kam, beichtete die Magd mit ängstlicher Stimme, was vorgefallen war. Da wurde der Herr zornig und jagte die Magd aus dem Dienst, denn sie hatte einem Geist die Freiheit gegeben, der vormals das Haus beunruhigt hatte, bis ein Geistlicher ihn in die Kammer bannen konnte. Nun trieb der Geist aufs Neue sein Unwesen im Haus und gab seine Schadenfreude allenthalben durch schallendes Gelächter zu erkennen.

Bei einem Wirte nächst dem Frauentor soll eine zinnerne Kanne im Hausplatz eingemauert sein. Die Kanne hält zur Stunde einen Geist in Gewahrsam, welcher in diesem Haus vormals abscheulichen Unfug getrieben hatte, bis er endlich durch einen Kaminkehrer und Geisterbanner in die Kanne gebracht worden war. Die Leute sagen, dass man ihn deutlich rumoren höre, wenn man nachts das Ohr an den Pfeiler halte, in welchem die Kanne sich eingemauert befindet.

Dass man Geister, die einem lästig oder gefährlich werden, bannen oder vertreiben kann, ist auch lange bekannt. Man denke etwa an »Aladin und die Wunderlampe«. Aladin hat es etwas schlauer angestellt als die Magd aus dieser Nürnberger Sage. Statt wegzulaufen, hätte sie vom Geist wohl besser ihre drei Wünsche einfordern sollen. Aber noch ist nicht alles verloren. Es muss nur der Wirt mit dem Geist in der Kanne gefunden werden. Wer das als Erster schafft, lässt den Geist gegen die drei Wünsche einfach frei.

Die Kaiserlein

Im Jahr 1487 hielt Kaiser Friedrich III. einen Reichstag zu Nürnberg. Er hatte sein Hoflager auf der Burg aufgeschlagen. Die Reichsangelegenheiten machten ihm den Kopf umso mehr warm, als er überhaupt kein großer Freund von ernsten Geschäften war. Lieber veranstaltete er prachtvolle Festlichkeiten und Aufzüge, die durch die Anwesenheit vieler Fürsten, Grafen und Edlen des Reichs verherrlicht wurden. Schon der Umstand, dass man fast ein ganzes Jahr beisammen war, bis endlich die dringendsten Vorlagen erledigt werden konnten, zeigt, dass man sich nicht besonders beeilte, damit zu Rande zu kommen. Als eine seiner wichtigsten Aufgaben betrachtete er die Belehnung verschiedener Fürsten, die dann in feierlichster Weise öffentlich stattfand. Zu diesem Zweck hatte man am Rieter'schen Haus – das jetzt das Sandel'sche ist – einen Thron errichtet, auf welchem er im vollen kaiserlichen Ornat die Lehen verteilte. Außerdem veranlasste er große kirchliche Prozessionen durch die Stadt, an denen er selbst teilnahm. Das Originellste aber, was er bei seinem Aufenthalt in Nürnberg veranstalten ließ, war eine große Kinderversammlung im Stadtgraben hinter der Burg.

Um sich »den Unmuth zu vertreiben« – so wird berichtet –, stellte der Kaiser in der Karwoche 1487 an den Rat der Stadt die Forderung, sämtliche Kinder, die schon zu gehen vermochten, in Prozessionen durch die Stadt ziehen und sich unter dem Schloss im Graben versammeln zu lassen. Obgleich eine große Anzahl Eltern diesem der kaiserlichen Laune entsprungenen Gebot nicht nachkam, weil sie besorgt waren, dass die Kinder in dem voraussichtlichen Gedränge zu Schaden kommen könnten, versammelten sich doch einige tausend Kinder im Schlossgraben. Der Kaiser selbst wachte über diese Versammlung und ließ jedem Kind ein Honig- oder Lebküchlein reichen, das in länglich viereckiger Form gebacken und auf seiner gerauteten Oberfläche mit dem Bildnis des Kaisers verziert war. Der gutmütige Kaiser hatte an der Freude der Kinder den größten Anteil und sein innigstes Vergnügen.

Die ehrsame Zunft der Lebküchner in Nürnberg verfehlte nicht, zum Andenken an diese kaiserliche Huld alljährlich zur Osterzeit solche Lebkuchen zu backen, die man »Kaiserlein« nannte. Es soll sich diese Sitte bis ins 18. Jahrhundert erhalten haben und sicherlich sind die modernisierten Lebkuchen unserer Zeit die Nachkommen jener Kaiserlein.

Friedrich III. (21.9.1415–19.8.1493) war der vorletzte römisch-deutsche Kaiser, der vom Papst gekrönt wurde. Seine Herrschaftszeit war die längste aller römisch-deutschen Herrscher. Nürnberger Lebkuchen sind heute eine geschützte Herkunftsbezeichnung für solche Lebkuchen, die auf dem Gebiet der Stadt Nürnberg hergestellt wurden. Die Tradition der Lebkuchenherstellung lässt sich bis ans Ende des 15. Jahrhunderts zurückverfolgen. Die Sage um Kaiser Friedrich III. und die Kinderversammlung unterstreicht dies auf nette Art. Das älteste schriftliche Lebkuchenrezept stammt aus dem 16. Jahrhundert.

Der Nusskaspar

Wenn man auf der Nürnberger Burg von einem günstigen Standpunkt aus nach Norden schaut, so sieht man das berühmte Knoblauchsland, das mehrere anmutige Dörfer enthält, die von den Nürnbergern gern und oft besucht werden.

In einer dieser Ortschaften lebte vor vielen Jahren ein Bauer, der Nusskaspar genannt wurde, weil er die schönsten Nüsse auf seinen Nussbäumen hatte. Er betrieb ebenso wie seine Nachbarn auch die Gärtnerei und hatte sich besonders auf den Anbau jener Wurzel spezialisiert, die der Gegend den Namen gab. Allein der gute Mann war kein Schoßkind des Glücks. Was er auch anfing, alles missglückte ihm. Mal zerstörten ihm Wind und Wetter die Ernte, mal wurde er von Menschen heimgesucht, die lieber auf anderer Kosten lebten, als selbst zu arbeiten, mal wurden ihm aus Neid seine Nussbäume zerstört.

Dieses andauernde Missgeschick verdross den Bauern, insbesondere auch deshalb, weil dem Nachbarn alles aufs Beste gedieh und sein Wohlstand täglich wuchs, während sich bei ihm Verluste und Schulden häuften. Er wurde nachlässiger in der Ausübung seines Gewerbes, fluchte und schwor mehr, als er betete. Zuletzt ergab er sich dem Trunk, sodass er meistens, wenn er mit Knoblauch und anderem Gemüse zur Stadt gefahren war, leicht an Geld und mit schwerem Kopf nach Hause zurückkehrte. Nicht nur sein Körper, sondern auch sein Vermögen wurde so weiter zerrüttet, sodass er ein Darlehen nach dem anderen aufnehmen musste. Von den Gläubigern hart bedrängt veräußerte er nach und nach Grundstücke und wertvollen Hausrat.

Einmal war er am Tage vor dem neuen Jahr wie so oft bis zum späten Abend in der Stadt geblieben und hatte sich einen tüchtigen Rausch angetrunken. Er taumelte den Burgberg hinauf, um durch das Vestnertor heimzugehen. Unweit der Stelle, an der Christus am Ölberg abgebildet ist, setzte er sich rechts auf einen Steinblock des Ölbergs, um auszuruhen. Da schlief er ein. Im Traum umgaukelten ihn Zerrbilder enttäuschter Hoffnungen, sodass er öfters auffuhr und Flüche ausstieß. Eben zeigte die Glocke vom nahen Sebaldusturm die Mitternachtsstunde an, da fuhr er wieder auf. In einem Zustand zwischen Schlaf und Wachen, zähneklappernd vor Kälte, murmelte er vor sich hin: »Will mich Gott nicht retten, so muss mir der Teufel helfen.« Mit diesen Worten entwand er sich dem Schlaf, rieb sich die Augen und wollte aufstehen. Da stieß ihn ein gewaltiger Schrecken auf seinen kalten Sitz zurück. Vor ihm stand ein Mann in Jägertracht, der ihn ansprach: »Ei, Alterchen, was treibst du hier in frostiger Winternacht?« Kaspar gähnte und fragte: »Wo bin ich, Herr, und was begehrt Ihr von mir?« Darauf antwortete der Fremde: »Ich hörte im Vorübergehen, dass du der Hilfe bedarfst, und will sie dir leisten, wenn es in meinen Kräften steht. Aber ich will von dir auch darum gebeten sein.« Kaspar schilderte unter beständigen Verwünschungen seine traurige Lage, fiel auf die Knie und rief in unbegreiflicher Herzensangst: »Ich flehe Euch an, helft mir. Helft mir und wäret

Ihr der Böse selbst. Das ist mir gleich, wenn nur geholfen wird, denn Gott hat mich ohnehin verlassen.«

»Nun wohl«, entgegnete der Fremde, »wenn du mir versprichst, weder deinem Weibe noch einem anderen Menschen auch nur eine Silbe davon zu sagen, so will ich dein Beschützer sein und dir helfen. Kehre getrost heim, pflücke von dem großen Nussbaum, der in der linken Ecke deines Gartens steht, so viele Nüsse, als dir beliebt. Die werden sich in Gold verwandeln und dich instand setzen, nicht nur deine Schulden zu bezahlen, sondern auch ohne Mühe und Arbeit gut zu leben. Doch wenn du nur ein Wort von dieser Geschichte erzählst, so sinkst du in deine frühe Armut zurück, wirst ein Opfer der Verzweiflung und sollst dann auch im Grab keine Ruhe finden. Jede Silvesternacht musst du dann aus dem Grab steigen und an dieser Stelle hier goldene Nüsse in deinem Korb feilhalten und so auch andere noch mit hinabziehen in den Abgrund des Verderbens. Deine Seele ist mir dann verfallen.« Mit diesen Worten verschwand er. Dass der freundliche Helfer kein anderer als der Teufel war, ist leicht zu erraten.

Kaspar war also in sehr schlimme Hände gefallen. Noch halbtrunken von Wein und Schlaf ging er mit schlotternden Knien nach Hause. Sein Weib, das ohnehin zu denjenigen gehörte, welchen Zanken und Murren zur zweiten Natur geworden ist, empfing ihn vom Bett aus mit wütendem Schimpfen. Er aber war stumm wie ein Fisch und dachte: »Schrei du nur, du Zankteufel. Habe ich erst einmal die goldenen Nüsse, dann wirst du schon anders singen.« Er nahm seine Laterne, zündete das Licht an und ging in den Garten. Dort stellte er sich vor den vom Teufel bezeichneten Baum und schielte hinauf, um zu sehen, ob die Nüsse wirklich aus Gold seien. Endlich kletterte er hinauf. Es wollte ihm schwerfallen, als hing ihm eine Zentnerlast an den Füßen. Er füllte dann so schnell als möglich alle Taschen mit Nüssen und als er sie in der Scheune herausnahm, waren sie alle reines, funkelndes Gold. Er versteckte seinen Schatz und ging zu Bett.

Bei Tagesanbruch schlich der nun steinreiche Ehemann, dessen Gewissen schon eingeschläfert war, still von der Seite seiner Xanthippe zum versteckten Schatz, um einen Teil davon in der Stadt versilbern zu lassen. Er zahlte dann unter einem Vorwand seine Schulden zurück und lebte nun in Saus und Braus. Doch das Glück war nicht von langer Dauer. Der Nusskaspar vergaß im Taumel der Ausschweifungen nur zu bald, was er dem Meister Urian versprochen hatte. In einem traulichen Stündchen beichtete er seiner Gattin, die durch den unerwarteten Wohlstand vollkommen versöhnt war, den Hergang der Sache. Als er am nächsten Morgen sein Geld herbeiholen wollte, war der Beutel federleicht und er fand statt harter Taler nur Kohlenstaub darin. Im Schrank lagen statt des Goldes nur wurmstichige Nüsse. So wurde er von der Höhe seines Glücks zurück in das bitterste Elend gestoßen. Das Leben war ihm eine unerträgliche Last geworden und so tötete er sich selbst. Der Teufel jedoch hielt besser Wort. Alles ging in Erfüllung, was er dem Kaspar für den Fall des Treuebruchs vorausgesagt hatte. Als der Silvesterabend kam, stand wirklich zur Mitternachtsstunde ein kleines Bäuerlein in der Tracht der Knoblauchländer am Ölberg mit einem Korb und ächzte leise unter verzweifeltem Händeringen: »Kauft Nüsse, kauft Nüsse!«

Viele Jahre später saßen am Silvesterabend mehrere Bürger nicht weit vom Ölberg in dem Gasthaus »Zum Burggrafen« bei einem Krug Weizenbier zusammen und sprachen von diesem und jenem. Unter diesen befand sich auch ein redseliger Zinngießermeister, der wegen seines guten Charakters und seiner Klugheit in hohem Ansehen stand. Man unterhielt sich auch über die alte Sage vom Nusskaspar am Ölberg. »Aberglaube, heidnische Finsternis!«, ereiferte sich Meister Zinngießer. »Wer wird so albern sein, an Teufel und Geister zu glauben?«

»Was, Nachbar?«, fuhr ihm ein belesener Zirkelschmied in die Rede. »Habt Ihr denn nicht gelesen, dass Doktor Martin Luther dem Teufel das Tintenfass nachgeworfen hat? Ist Euch nicht bekannt, dass der Satan Jesus in Versuchung führte?«

»Das ist etwas anderes«, unterbrach ihn der Zinngießer. Ehe er weiterreden konnte, erklang von der Wanduhr die zwölfte Stunde. Da schlug er unwillig auf den Tisch und rief: »Damit ihr aber seht, dass an der Sache nichts ist und ich jeden für eine Narren halte, der solche unsinnigen Dinge glaubt, so wollen wir uns an Ort und Stelle begeben, um uns selbst zu überzeugen. Mein Hab und Gut setze ich daran, dass ich euch auslachen werde!«

Er nahm seine Pelzmütze und eilte zur Tür. Von den übrigen Gästen machte keiner Miene, ihn zu begleiten. Stockfinster war es und nur der schimmernde Schnee erleuchtete die Gegend. Da dünkte ihm wirklich, als ob in der Nähe des Ölbergs die Gestalt eines Menschen zu sehen war, und er blieb stehen. Es fröstelte ihn, aber die Vorstellung, von den Freunden weidlich verspottet zu werden, käme er unverrichteter Sache zurück, flößte ihm Mut ein. Also ging er langsam näher und rief mit lauter Stimme: »Wer da?« Er erhielt keine Antwort. Doch plötzlich stand ein kleines, unheimliches Wesen ganz nahe vor ihm, starrte ihn mit Grabesaugen an und deutete mit dem Zeigefinger der rechten Hand in den vor ihm stehenden Korb. Der Zinngießer stand wie angewachsen da, krächzte dann: »Alle guten Geister loben Gott den Herrn!«, fasste ohne zu überlegen in den Korb, nahm, was er greifen konnte, und brach ohnmächtig zusammen.

Als er wieder bei Besinnung war, blickte er um sich, sah weder vor noch hinter sich etwas, bekam wieder Mut und schämte sich seines Schreckens. Als er aber auf den Boden sah, funkelte ihm glänzendes Gold aus dem Schnee entgegen. Schnell raffte er es auf und schritt langsam zum Gasthof zurück. Die ganze Gesellschaft begrüßte ihn wie einen dem Leben Wiedergegebenen und war auf die Erzählung seines Abenteuers gespannt. Er rollte die goldenen Nüsse auf den Tisch und da verstummten alle. Nicht ohne heimliches Grauen sah man die glänzenden Beweise vor Augen.

Der Zinngießer aber entfernte sich bald und suchte schwindelnd vor Freude sein Nachtlager auf. Allein der Schlaf floh ihn nicht nur in dieser Nacht, denn ihn quälten die Pläne, die er für die Zukunft schmiedete um die Erhaltung und Mehrung seines unheilvollen Mammons. Mit dem Reichtum war zugleich Unglück in sein Haus eingezogen. Aus dem zufriedenen Meister, dem die Arbeit früher unter lustigem Gesang munter von der Hand ging, war nun ein griesgrämiger Sauertopf geworden, den sein Geschäft verstimmte und die Mücke an der Wand ärgerte. Durch unkluge Unternehmungen verlor er manches schöne Kapital und nach einigen Jahren bewahrheitete sich an ihm das Sprichwort: Wie gewonnen, so zerronnen!

Als er aber kaum mehr etwas hatte, wohin er sein Haupt legen konnte, zog er es vor, seinem jammervollen Leben zwischen Himmel und Erde mithilfe eines Stricks ein Ende zu setzen.

Das Knoblauchland ist ein Gemüseanbaugebiet in der Mitte des Städtedreiecks Nürnberg-Fürth-Erlangen. Die Erschließung reicht bis in das 8. Jahrhundert zurück. Zwiebelzuchten haben diesem Gebiet seinen Namen gegeben, wie ein Eintrag im Wachstafelzinsbuch des Burggrafentums Nürnberg aus dem Jahr 1425 belegt.

Oberfranken (Coburg, Bamberg bis zum Fichtelgebirge)

Vom Namen und Wappen der Stadt Coburg

Alte Chroniken berichten, dass der Stadtname Coburg von den Kühen, die in der Gegend um die spätere Stadt fette Weide gefunden hatten, abgeleitet wurde. Küburg soll sich als Stadtname tatsächlich in Urkunden um das Jahr 1300 finden und wenn es wahr ist, dass das nahe Schloss Kallenberg früher Kalbenberg hieß, so ist der Name nicht weniger vom Vieh herzuleiten als der der Nachbardörfer Öchslau, Rossach, Rossfeld und Pferdsdorf.

In der ältesten Zeit soll jedoch der Name Trufalistadt gelautet haben. Im Wappen führte die Stadt Coburg schon in alter Zeit neben dem offenen Mauerturm, vor welchem eine Henne auf der Zinne steht, einen schwarzen Kopf, der auch auf den ältesten coburgischen Münzen – den Hohlpfennigen – vorkommt. Eine Sage erzählt, dass die Leichname der Heiligen Drei Könige auf ihrem Weg von Mailand nach Köln am Rhein, wo sie begraben liegen sollen, durch die Stadt geführt wurden und eine Nachtrast vor dem Steintor in dem sogenannten Stetzenbach gehalten haben. Zum Andenken habe man den Kopf Balthasars, der oft mit dunkler Hautfarbe dargestellt wird, in das Stadtwappen aufgenommen.

Einer anderen Meinung nach ist der Kopf kein anderer als der des ehemaligen Stadtpatrons St. Mauritius, dem auch die Hauptkirche gewidmet ist. Weil dieser ritterliche Heilige aus dem Orient stammte, habe man ihn mit dunkler Hautfarbe abgebildet.

Sankt Mauritius ist als Heiliger insofern eine Besonderheit, als er der einzige Heilige ist, der im Mittelalter mit dunkler Hautfarbe dargestellt wurde. Der Legende nach war er Ägypter und Anfüh-

rer der Thebäischen Legion, die der römische Kaiser Maximianus (8280–305) zur Christenverfolgung einsetzen wollte. Da sie sich weigerten, wurden sie als Märtyrer hingerichtet. Mauritius wurde heiliggesprochen. Einige Klöster (unter anderem das in Magdeburg) sind dem Heiligen geweiht. Außerdem war er Schutzherr mehrerer Ritterorden. In Coburg tauchte der schwarze Kopf erstmalig um 1380 auf. Nach 1500 verdrängt der Kopf den Meißner Löwen aus Stadtwappen und -siegel. Ein schwarzgelbes Wappenschild wurde 1934 erstmals eingeführt (damals noch mit Hakenkreuz im Knauf des Schwertes). Das heutige Stadtwappen – schwarzer »Mohr« auf gelbem Grund mit gelbem Ohrring – stammt aus dem Jahr 1974. »Mohr« ist ein Begriff aus der Heraldik und wird heute noch für die Darstellung eines Kopfes in schwarzer Farbgebung verwendet; als Bezeichnung für einen Menschen dunkler Hautfarbe ist der Ausdruck jedoch diskriminierend und sollte nicht mehr verwendet werden.

Hexenleute in Coburg

Zu Coburg sind in den finsteren Zeiten des Hexenverbrennens erstaunlich viele Hexen torquiert – das bedeutet gefoltert – und hingerichtet worden. Alle bekannten Bündnisse und Buhlschaften mit dem bösen Feind, Geld von ihm erhalten zu haben, auf nächtliche Tänze geführt worden zu sein, wo Schallmeier und Pfeiffer aufgespielt hätten und Wein und Weck gespeist worden seien. Einer hieß der infernalische Galan, der schwarze Caspar, einer der fressende Wolf, einer Jäckel. Die Tanzplätze waren bei dem Brunnen zum heiligen Kreuz, bei dem Weiher und auf dem Bausenberg. Ein Knabe von zwölf Jahren wurde mit dem Schwert hingerichtet und dann verbrannt, zwei andere mussten zusehen und wurden in der Meinung gelassen, dass ihnen eine gleiche Strafe zuteilwerden würde, weil alle drei gutwillig bekannten, dass sie auf dem Mantel geflogen seien.

Zwischen 1612 und 1632 wurden in der Stadt Coburg neununddreißig Frauen, ein Mann und ein Knabe wegen Hexerei hingerichtet. Besonders grausam spielte man Margaretha Ramhold mit. Sie hatte den Hexenverfolger als »Bluthund« beschimpft und wurde darauf von ihm unmenschlich gefol-

tert und gequält, noch als längst von ihr ein Geständnis vorlag. Das war nach kaiserlichem Recht nicht rechtens. Trotz allem nannte Margaretha Ramhold keine weitere Person als Mittäter. Verwandte mussten für die Folterungen und Hinrichtungen zahlen. Das Vermögen der Hingerichteten wurde gänzlich eingezogen. Der Fürst und der Centgraf bereicherten sich maßlos an den Hexenprozessen.

Die heilige Kunigunde

Im Dom zu Bamberg befindet sich das Grab des heiligen Paares Heinrich und Kunigunde. Ein Bildwerk dieses Grabmals zeigt die Kaiserin, wie sie die Bauleute der Stephanskirche bezahlt. Es war nämlich unter den Werkleuten ein bösartiger, unzufriedener Mann, der bestahl den Schaffner des Baues beim Ausbezahlen, sodass die bestimmte Summe niemals zureichen wollte. Man konnte dem Dieb lange nicht auf die Spur kommen. Da begab sich die heilige Kunigunde eines Tages selbst unter die Werkleute und hielt eine Schale, aus welcher sich jeder seinen Pfennig nahm. Auch der Dieb griff in die Schale, nahm aber wie früher unbemerkt mehrere Pfennige. Kaum hatte er sie ergriffen, als ihm die Hände entsetzlich brannten, sodass er heulend davonlief. Als er nach Hause kam, hatte er nur noch einen Pfennig in der Hand.

Ein andermal sorgte der Teufel dafür, dass die Kaiserin bezichtigt wurde, mit einem Herzog ein Verhältnis zu haben. Er trat in Gestalt eines Ritters aus dem Gemach der Kaiserin, so als hätte ein heimlicher Geliebter sie verlassen. Johannes von Trumbach, selbst in Liebe zu Kunigunde entbrannt, doch von der Keuschen verschmäht, hinterbrachte dem Kaiser dieses Gerücht. Dieser stellte seine Frau zur Rede. Kunigunde war sich ihrer Unschuld bewusst und forderte deshalb ihr Recht ein, dies beweisen zu dürfen. Im Beisein von Bischöfen und Fürsten wurden glühende Eisenstangen auf den Boden gelegt, darauf sollte die Kaiserin treten. Sie hob ihre Hände zu Gott und sprach: »Gott, du weißt wohl allein meine Unschuld. Ledige mich von dieser Not, als du tatest der guten Susanne von der ungerechten Verleumdung.« Sie trat auf die glühenden Eisen und sprach: »Sieh, Kaiser, so schuldig ich deiner bin, bin ich aller Männer.« Da fielen Heinrich und alle Zeugen vor ihr nieder.

Dass es nach der Heiligsprechung des Kaiserpaares Heinrich II. und Kunigunde zu manchen Legenden kam, ist nachvollziehbar. Beide haben ihr Kaisergrab im Bamberger Dom gefunden, wo es heute noch zu besichtigen ist.

Der Dombaumeister zu Bamberg

Der Dombau zu Bamberg war einem griechischen Meister aufgetragen. Zu diesem kam ein Jüngling mit der Bitte, er wolle ihn zum Gehilfen nehmen. Zu zweien kommt man gewisslich weiter, als wenn einer das riesenhafte Werk zu fördern habe. Der Dombaumeister willigte in den Vorschlag ein und übertrug dem Gehilfen den Bau des Peterstores, während er selbst das Georgentor übernahm. So arbeiteten die beiden rastlos an dem Werk, ein jeder bemüht, dem anderen in Schnelligkeit und Tüchtigkeit beim Bauen zuvorzukommen. Bald bemerkte man aber, dass der Bau des Georgentores viel rascher vonstattenging. Das verdross den Jüngling sehr und als er sich nicht mehr zu helfen wusste, verschrieb er seine Seele dem Teufel, auf dass ihm dieser Rat schaffen sollte. Von dieser Stunde an änderte sich die Sache. Das Peterstor stieg rascher in die Höhe, während es an dem Georgentor keinen Fortschritt mehr gab. Was man des Tages schaffte, fiel nachts wieder zusammen, denn zwei ungeheure Tiere, halb Kröten und halb Löwen, umschlichen das Werk und unterwühlten die Arbeit des Dombaumeisters. Wie nun der Teufel gedachte, sein Versprechen eingelöst und den Ehrgeiz des Jünglings befriedigt zu haben, lud er diesen eines Tages ein, mit ihm auf die Höhe des Peterstores zu steigen und sich das Bauwerk von oben herab anzusehen. Der Jüngling folgte. Als er nun oben stand, ergriff ihn der Teufel und schleuderte ihn jählings von der Höhe hinab.

Heinrich II. hat den Dombau in Bamberg 1004 in Auftrag gegeben, allerdings zu der Zeit, als er noch König war (1002–1014). Der erste Dom hatte nur zwei Türme und war mit einer Län-

ge von 75 Metern kleiner als der Mainzer (116 Meter) oder Speyerer Dom (134 Meter). 1080 und 1081 wurde der Dom durch Brände stark beschädigt, danach aber wieder instand gesetzt. Ein Großfeuer im Jahr 1185 zerstörte ihn aber gänzlich, sodass der Bau ganz abgerissen wurde. Erst im Jahr 1215 begann man mit der Neuerrichtung des Domes am gleichen Platz.

Der einäugige Venediger

Es gingen einmal mehrere Bauern vom Wirtshaus heim. Da blies ihnen ein mächtiger Wirbelwind entgegen. Einer, Hans mit Namen, nahm sein Messer heraus und warf es in die Windsäule. Da sahen die Bauern auf einmal einen Venediger darin, dem Hans das Auge ausgeworfen hatte. Wohl verbargen sie sich gleich, der Italiener hatte aber den böswilligen Täter doch erkannt. Hans sah sich eines Tages plötzlich in eine große, fremde Stadt versetzt, er wusste nicht wie. Als er die Häuser verwundert bestaunte, wurde plötzlich laut sein Name gerufen. Ein Mann kam aus einem Haus heraus und gebot ihm, zu folgen. Sie traten hinein. Da glänzte alles von Gold und Silber. Der Mann aber hatte nur ein Auge. Mit diesem schaute er Hans starr an. Dann sagte er: »Sieh, ich könnte dich jetzt strafen für deinen Leichtsinn, denn du warst es, der mir im Fichtelgebirge mutwillig das Auge genommen hat. Ich habe dir jedoch verziehen. Hier, nimm dies zum Andenken an mich.« Und der erstaunte Bauer fühlte sich mit reichen Schätzen beladen, konnte aber vor Scham und Schrecken kein Wort reden. Alles verschwand wieder in einem Augenblick. Der Bauer sah sich in seine Hütte zurückversetzt und nur die Schätze waren ihm geblieben. Er war jetzt ein reicher Mann.

Wenn jemand plötzlich zu Geld kommt, vorher arm war und nun wohlhabend ist, so erweckt das in den Menschen den Verdacht, dass etwas nicht mit rechten Dingen zugegangen sein kann. Selten wird dies aber so nett und rücksichtsvoll erzählt wie in dieser Sage. Dass ein Vene-

diger hier auftaucht – und sei es nur im Sturm –, hat auch seine Bewandtnis. Schon seit dem frühen Mittelalter wurde im Fichtelgebirge Bergbau getrieben und vor allem Gold, Zinn und Eisen abgebaut. Nach dem Dreißigjährigen Krieg waren die Erzlagerstätten aber weitgehend ausgebeutet. Einen kleinen Aufschwung gab es noch einmal im 18. Jahrhundert. In Goldkronach kann man heute ein Goldbergbaumuseum besuchen. Der Wertheimer Dichter Alexander Kaufmann (14.5.1817–1.5.1893) hat diese Sage in Verse gefasst und dabei auch nicht ausgelassen, wohin dieses Gold aus dem Fichtelgebirge gegangen ist:

Da lagen nun und ruhten
Die Schätze unberührt –
An der Lagune Fluthen
Hat man sie aufgespürt;

Auf fernen Euganeen
In Zauberspiegelschein
Gelang's den Hort zu sehen
Im Schneekopf und Kössein.

Nun kam in düstern Schaaren,
Ward sommerlich die Zeit,
Viel wälsches Volk gefahren
Um deutsche Herrlichkeit;

Oft sah man finstre Männer
In monderhellter Nacht,
Des Gold's erprobte Kenner
Durchwühlen Schacht auf Schacht;

Oft auch in wilden Nächten,
Zu schlimmen Thaten gut,
Vernahm man stürmisch Fechten,
Und morgens fand sich Blut.

Was deine Felsenfeste,
O Fichtelberg, durchrollt,
Venedig sah Paläste
Ersteh'n von deinem Gold;

In Samtgewand und Seide
Ging mancher wälsche Mann,
Indes im härnen Kleide
Der Bergbewohner spann;

Oft wenn am fernen Maine
Der Köhler Wasser trank,
Berauscht von Cyperweine
Der Wälsche niedersank.

Die Herrgottssteine im Fichtelgebirge

Auf einem Hügel bei Marktleuthen ist auch einer der sogenannten Christus- oder Herrgottssteine zu finden, deren es mehrere im Fichtelgebirge gibt. Er hat auch, wie die übrigen, eine Aushöhlung auf der einen Seite, wie ein in Schnee gedrückter bequemer Sitz. Auf diesem soll der Heiland gesessen haben. Auf der entgegengesetzten Seite befindet sich ebenfalls eine, jedoch nicht so bequeme Höhlung, worin zu gleicher Zeit mit dem Heiland der Teufel saß. Wir freuen uns, dass der Herr dem Teufel den Rücken gekehrt und dieser recht unbequem gesessen hat. Der Hügel heißt Kappel, weil dort früher die St.-Wolfgangs-Kapelle stand. Dort ist der Augenbrunnen, eine Quelle, die auf alten Karten angegeben ist und noch jetzt bis in weite Ferne bei Augenkrankheiten für besonders heilsam gehalten wird. Alle Herrgottssteine haben im Glauben des Volkes wohltätige und heilsame Kraft. Zum Herrgottsstein bei Selb kommen noch zuweilen Katholiken, um ihre Andacht zu verrichten. Man wollte ihn schon öfter um gutes Geld kaufen. Einmal soll er tatsächlich verkauft worden sein. Als man ihn ein Stück Wegs transportiert hatte, konnte man mit dem Stein nicht mehr weiterkommen. Dagegen ließ er sich mit Leichtigkeit, ja fast von selbst rückwärts in seine frühere Lage bringen.

Frei herumliegende Granitblöcke haben die Gedanken der Menschen immer beschäftigt. Wie kann etwas an diesen oder jenen Platz kommen, was ein Mensch nicht heben kann? Dass Gott und der Teufel damit in einen Zusammenhang gebracht werden, ist insofern naheliegend. Dabei sind es manchmal tatsächlich Menschen, die für die Platzierung dieser Steine verantwortlich sind, wie Grabungen belegen, die steinzeitliche Werkzeuge und Gräber in der unmittelbaren Nähe solcher Findlinge zutage brachten. Manchmal sind es aber auch einfach nur die geologischen Veränderungen über die Jahrtausende, die einzelne Felsblöcke an bestimmten Orten platzieren.

Sagenhaftes aus dem Fichtelgebirge

Von vielen Orten des Fichtelgebirges werden sich ergötzliche Sagen, mit denen sich die einzelnen Ortschaften untereinander aufziehen und necken, im Volk erzählt. Von der schönen freundlichen Stadt Münchberg weiß jedes Kind in der Umgegend die »Münchberger Bärenjagd« zu erzählen. Es wurde einst gemeldet, dass sich in einem nahen Wald ein grimmiger Bär aufhalte. Auf den solle man Jagd machen, damit keine Gefahr von ihm ausgehe. Da beschloss der Rat, alle Bürger mit Waffen zusammenzurufen und auf die Bärenjagd zu schicken. Viele wehrhafte Männer erschienen, gingen mutig hinaus und umstellten den Wald. Bevor aber die Jagd noch beginnen konnte, kam ein schwarzer, dickwolliger Pudel aus dem Wald. Das war das »Münchberger Abenteuer«, einst besungen in lustigen Versen, die aber leider verloren sind.

Von dem Flecken Zell wird erzählt, dass seine Einwohner einst mit langen Stangen in Scharen auf den nahen Haideberg gezogen seien, um den Mond herunterzustechen. Dies sei ihnen aber trotz aller Mühe nicht gelungen.

Die Weissenstädter sahen einst in ihrem großen Weiher ein arges Ungetüm schwimmen. »Das ist ein Walfisch!«, hieß es. Schnell versammelte sich die gesamte Einwohnerschaft auf dem Damm und das Schießen nach der Bestie nahm seinen Anfang. Kugel um Kugel fuhr in den schwarzen Rücken. Die Wellen führten das Ungetüm endlich heran. Was war es? Ein unschuldiger Backkübel, mit welchem das Wasser sein Spiel getrieben hatte.

Wo aber der Name Gefrees herstammt, das wissen die Leute recht wohl zu sagen. Wenn vor Zeiten die Fuhrleute auf der großen Heerstraße daherzogen, da freuten sie sich schon im Voraus auf das schmucke Städtchen und sagten schmunzelnd zueinander: »Wenn mer nach Gaferles kumma, kriegen mer a guts Gfraas.« Zuletzt wurde dann Gaferles in Gefrees umgetauft.

Nicht immer werden im Volksmund unerklärliche Begebenheiten in Geschichten mit dem Teufel, mit Geistern oder anderen schlimmen Dingen in Verbindung gebracht. Oft wurde ein lustiger Schwank daraus, der als Sage die Jahrhunderte überdauerte. Selbst wenn der Wahrheitsgehalt angezweifelt werden darf, so ist doch das Bemühen, auch in schweren Zeiten lachen zu können, nicht hoch genug zu schätzen.

Die Hölle auf dem Rudolfstein

Auf der nördlichen Abdachung des Schneebergs, der in der Nachbarschaft vom Fichtelberg und Ochsenkopf zu finden ist, stand nach Weißenstadt zu auch eine Ritter- und Raubburg: der Rudolf- oder Rollenstein. Rudolf, ein Pfalzgraf in Franken, soll die Burg im Jahr 857 auf die Riesenfelsen, die wie Mauern von Menschenhand gemacht aussehen, aufgebaut haben. Andere nennen den Kaiser Rudolf aus Schwaben als Erbauer. Nicht weniger als zwölf bis vierzehn Raubburgen standen um Wunsiedel, deren Insassen den reisenden Kaufleuten das Geld aus den Taschen nahmen. Räuber und Geister in trauter Gemeinschaft machten die unwegsame Gegend unsicher und weit verrufen.

Eine Waldstelle unter dem Rudolfstein, von grauenhaften Felsklüften umstanden, wird die Hölle genannt. Sie lag zwischen den Raubburgen Rudolfstein und Waldstein in der Mitte. Die Reisenden hatten da oft mehr Pein von den verkappten Staudenhechtlern auszustehen als von den Waldgeistern und Höllenbränden, die sich in Gestalt feuerspeiender Untiere sehen ließen, während ein Prasseln vernommen wurde, als ob der ganze Wald niederschmettere.

Ein Jäger aus Sachsen, der den Geisterspuk in der Hölle noch nicht kannte, sah und verfolgte dort ein Wild, das zum Waldstein hinan flüchtete. Je höher er stieg, desto mehr Wildes ward er ansichtig. Aber alles floh vor ihm her in die Burgtrümmer hinein. Keines kam ihm schussgerecht vor die Flinte. Er folgte ihnen auch durch die Pforte. Mit einem Mal umhüllten sich Fels und Mauer, Busch und Baum mit grauem Nebel und im Burghof begann ein Brausen, Zetern, Knallen und Schellen, Bellen und Gellen, als sei die ganze Hölle los. Von dem ganzen Gekreisch und Gelächter sowie den sinneverwirrenden Gestalten stürzte der Jäger zu Boden. Die Gedanken vergingen ihm vollständig. Als er wieder erwachte, war es dunkel um ihn. Drunten in Reumersreut schlug die Turmuhr gerade zwölfmal.

Die eigenartig geschichteten Felsformationen am Rudolfstein sind heute ein geschütztes Naturdenkmal. Die von Pfalzgraf Rudolf im 9. Jahrhundert angeblich gebaute Burg ist urkundlich nicht nachzuweisen. Erst 1317 ist eine Burg unter dem Namen »Schloss Rudolfstein« verbrieft. Ungeachtet der grauslichen Sage ist die Gegend heute im Frühjahr und Herbst ein beliebtes Wanderziel.

Das Goldlaiblein

Einst hüteten am Ochsenkopf zwei Knaben und ein Mädchen das Vieh. Die Knaben waren Kinder wohlhabender Landleute, des Mädchens Eltern aber waren arm. Die Kinder erzählten sich allerlei Märchen, die sie von den Geistern des Ochsenkopfes wussten. Da gesellte sich zu ihnen ein graues Männchen, welches aufmerksam ihren kindlichen Erzählungen und Gesprächen gelauscht hatte. Endlich sprach es: »Ihr seid gute Kinder, darum will ich auch nicht von euch gehen, ohne euch zu beschenken.« Es zog aus der Tasche drei Brotlaiblein und gab jedem Kind eines. Darauf entfernte es sich.

Die beiden Knaben lachten ob des ärmlichen Geschenks. Der eine nahm sein Brot und warf es auf die Erde. Es hüpfte den Berg hinab in possierlichen Sprüngen, bis es sich zwischen struppigem Gebüsch verlor. Da sprach der andere Knabe: »Mein Laiblein muss das deinige suchen«, und warf es hinterher. Nun wollten die Knaben auch das Mädchen überreden, es ihnen nachzutun. Die Kleine aber hüllte es eilig in ihre Schürze und sprach: »Wie wird es meine Eltern freuen, wenn ich ihnen etwas mit nach Hause bringe.« Als sie heimkam und man das Brot aufschnitt, da war ein Klumpen Gold hineingebacken und Reichtum zog ein, wo sonst Mangel herrschte.

Als die beiden Knaben von dem Glück ihrer Gefährtin hörten, gingen sie zurück, die verschmähten Geschenke des grauen Männleins zu suchen. Allein es war vergeblich.

Dass dürftige oder unscheinbar aussehende Geschenke einen Schatz enthalten, ist ein beliebtes Sagenmotiv. Wer diese Geschenke nicht schätzt, bevor er von dem Schatz weiß, ist es auch nicht wert, den Schatz zu erhalten.

Der Berggeist am Rauhen Kulm

Ein Holzhacker ging zur Winterszeit auf den Rauhen Kulm. Hoch oben, wo die schönsten Fichtenstämme stehen, suchte er sich den mächtigsten Baum zum Schlagen aus. Als nun dieser von kräftigen Hieben getroffen zu wanken und zu krachen anfing, wurde dem Holzhacker unheimlich zumute. Ihm war, als ob er ein schlimmes Werk vollbracht habe. In dem Augenblick aber, als die herrliche Fichte mit donnerndem Knall auf den Boden schlug, spürte der Mann ein Ziehen und Zerren an seiner Axt, als wolle ihm diese ein starker Mann entreißen. Umsonst strengte er sich an – auf einmal war sie verschwunden. Das war der Berggeist, der ihm zur Strafe für das Fällen des schönsten Baumes die Axt entrissen hatte. Das soll nicht nur diesem Holzfäller, sondern auch schon anderen und oft widerfahren sein.

Der »Rauhe Kulm« ist ein bis heute nicht ausgebrochener Vulkan bei Neustadt am Kulm in der Oberpfalz. Sein Alter beträgt etwa einundzwanzig Millionen Jahre. Siedlungsspuren sind schon aus der Keltenzeit (um 500 v. Chr.) belegt. Im frühen Mittelalter siedelten Slawen in dieser Region. Eine erste Burg entstand im 8. Jahrhundert, eine spätere, um 1281 gebaute Burg wurde im 16. Jahrhundert – im zweiten Markgrafenkrieg – zerstört.

Die Hussiten zu Bayreuth

Die Hussiten ließen neben unzähligen Städtchen und Flecken, Kirchen und Klöstern auch die Hütten in Flammen aufprasseln, die an der Stelle des heutigen Bayreuth gestanden haben. Die jungen Frauen waren die Allerletzten, welche die rauchenden Trümmer und das Heerlager der Schrecklichen verließen. Ein seiner Eifersucht wegen berüchtigter Bürger, Michael Kappler, schrie es in alle Welt, sie hätten deswegen so lange gezaudert, weil ihnen die Ketzer gar nicht übel gefallen hätten. Sogar Geschenke hätten sie genommen, als Dank dafür, dass sie ihnen zu Willen waren. Als die Hussitengefahr vorüber war, stürmten die Bayreuther Frauen auf den armen Kappler ein und erzwangen von ihm unter Androhung des Todes einen schriftlichen Widerruf. Dieser Widerruf soll damals in das Bayreuther Archiv niedergelegt worden sein zur Beruhigung eines jeden Bayreuthers auf die Frage, ob nicht einige Tropfen hussitischen Blutes in seinen Adern rollen.

Die Hussiten, eine reformatorisch revolutionäre Bewegung aus Böhmen, die sich nach der Verbrennung des Theologen und Reformators Jan Hus im Jahr 1415 gebildet hatte, begannen bereits 1419, nach einem Aufstand, bei dem die Hussiten einige Ratsherren aus dem Fenster warfen – dem Prager Fenstersturz –, Kirchen und Klöster zu zerstören. Aus dem Aufstand entwickelte sich ein Krieg, der immer weiter um sich griff. Die Hussitenkriege erreichten auch Bayreuth, das im Frühjahr 1430 stark zerstört wurde. Zweihundert Jahre später beschrieb Matthäus Merian diese Vorgänge folgendermaßen: »Umbs Jahr 1430 haben die Hussiten aus Boheimb / Culmbach und Abrreut angesteckt / und große Grausambkeit / wie die wilden Thier / an dem gemeinen Pöbel / und an vornehmen Personen verübt.« Da die Hussiten nicht zu besiegen waren, wollte man ihnen sogar Zugeständnisse machen. Uneinigkeit unter ihnen sorgte aber für eine Schwächung. 1437 wurden die letzten Hussiten in Prag hingerichtet.

Geheimnisvolle Schauplätze im schönen Frankenland: Wo die Sagen und Legenden beheimatet sind

Die Reihenfolge der folgenden Kurztitel entspricht der Reihenfolge der Titel im Buch bzw. im Inhaltsverzeichnis. Die Ziffern 6 bis 118 sind in der Karte auf der folgenden Seite eingetragen, so dass Sie nachvollziehen können, wo die Sagen und Legenden beheimatet sind.

1 Frankenland
2 Gottheiten
3 Frankenkönige
4 Heilige Kilian
5 Karl der Große
6 Aschaffenburg
7 St. Martins-Kapelle
8 Benediktiner-Kloster
9 Schlossgarten
10 Gustav Adolph
11 Gespenstige Küfer
12 Hexe als Löwe
13 Am guten Mann
14 Teufelsritt
15 Schlossberg
16 Kirchweihe
17 Teufelsbeschwörer
18 Letzten Templer
19 Kirche Hippolyt
20 Wassernix
21 Womburg
22 Wilde Jäger
23 Fuchsstein
24 Rotbart
25 Zwerge Joßgrund
26 Beilstein
27 Geißfuß
28 Geisterjagd
29 Bettler
30 Himmelthal
31 Ausgewühlte Glocke
32 Wald ohne Wipfel
33 Goldborn am Baier
34 Weiberwetzstein
35 Burg Auersberg
36 Marienbild
37 Teufelsstein
38 Gangolfskeller
39 Kilianskopf
40 Abt Fingerhut
41 Ravensteiner
42 Versunkenen Dörfer
43 Vom Guckei
44 Bienen
45 Burg Botenlauben
46 Amalbergas Schloss
47 Sondheimer Kirchhof
48 Stadt Schweinfurt
49 Entführung
50 Hinze-Hänsele
51 Luciämahl
52 Zwölf Gerichteten
53 Fickmühle
54 Haßgau
55 Burg Schmachtenberg
56 Burg Bramberg
57 Judenfrevel
58 Poltergeist
59 Heilige Jungfrau
60 Fromme Emhild
61 Vom Mordhügel
62 Wütenden Heer
63 Wallfahrerpfad
64 Armen Sünder
65 Schlitzöhrchen
66 Große Pest
67 Gmündens Name
68 Seifriedsburg
69 Kunigundenkapelle
70 Ochsenfurt
71 Wachskerze
72 Cyriakus-Panier
73 Heiliger Makarius
74 Juliusspital
75 Minnesänger
76 Neumünster
77 Graben-Reiter
78 Walfisch
79 Burkarduskirche
80 Baumeister
81 Schornsteinfeger
82 »Käppele«
83 Eingemauerte Nonne
84 Goldene Kugel
85 Wetterburg
86 Bergschloss
87 Kreuze
88 Abtei Bronnbach
89 Hexenstein
90 Hokemo
91 Dost Johanniskraut
92 Hexe verunglückt
93 Burg bei Röttingen
94 Heinrich Toppler
95 Zwei Türme
96 Freudengäßle
97 Bäckerjunge
98 Burglinde
99 Kaiser Karl
100 Karl der Große
101 Paul Cruz
102 Allerseelenmesse
103 Verfluchte Schüler
104 Wolfshenker
105 Hausgeist
106 Kaiserlein
107 Nusskaspar
108 Stadt Coburg
109 Hexenleute
110 Heilige Kunigunde
111 Dombaumeister
112 Venediger
113 Herrgottssteine
114 Fichtelgebirge
115 Rudolfstein
116 Goldlaiblein
117 Berggeist
118 Hussiten

Bad Salzungen
37
38
33
Werra
36
Thüringen
31
32
Meiningen
Suhl
43
Gersfeld
Saale
34
65
42
Hessen
39
40
41
35
Coburg
Hof
Unterfranken
60-64
22-26
108
109
44
59
21
Oberfranken
45
13
16
20
27
Schweinfurt
46
112-117
Wunsiedel
Aschaffenburg
29
52-58
47
48-51
Main
18
6-13
28
66-68
Bayreuth
17
71
110
Bamberg
30
118
Würzburg
111
Regnitz
86
85
84
Neustadt am Kulm
15
87-92
72-83
Bayern
70
Tauberbischofsheim
Erlangen
69
107
Mittelfranken
97-103
Fürth
105
106
Oberpfalz
Bad Mergentheim
93
94-96
Nürnberg
Rothenburg
Rednitz
104
Ansbach
Schwäbisch Hall
Fr. Razat
Crailsheim
Baden-Württemberg
Weißenburg

Quellen

Bernhard Bader: Volkssagen aus dem Lande Baden und den angrenzenden Gegenden, Karlsruhe 1851

Bernhard Bader: Neugesammelte Volkssagen aus dem Lande Baden und den angrenzenden Gegenden, Karlsruhe 1859

Ludwig Bechstein: Der Sagenschatz des Frankenlandes, Bd. 1, Würzburg 1842

Andreas Haupt: Bamberger Legenden und Sagen, Hamburg 1842

Adalbert von Herrlein: Die Sagen des Spessart, Aschaffenburg 1851

Adam Janßen: Die Sagen Frankens, Würzburg 1852

Onno Klopp: Aus der Zeit der Frankenherrschaft, Freiburg i. B. 1907, 2. Auflage

Johann Paul Priem: Nürnberger Sagen und Geschichten, Nürnberg 1870

Alexander Schöppner: Sagenbuch der Bayerischen Lande, 3 Bände, München 1852–1853

Varianten der angeführten Sagen finden sich auch in den folgenden, nicht für diese Veröffentlichung benutzten Werken:

Wilhelm Diezelzwinger: Sagen des Franken-Landes, Aschaffenburg 1855

Karl Hofmann: Die Sagen des badischen Frankenlandes, Karlsruhe 1911

J. M. Ruland: Volkssagen-Buch der fränkischen Lande, Würzburg 1854

Ebenfalls im Regionalia Verlag erschienen:

128 Seiten | ISBN 978-3-939722-25-0

256 Seiten | ISBN 978-3-95540-140-5

128 Seiten | ISBN 978-3-939722-26-7

128 Seiten | ISBN 978-3-939722-31-1

Jeweils 16,5 × 19,8 cm • Hardcover